外国经典诗歌珍藏丛书

歌德诗选

柳鸣九 / 主编　高中甫 / 编选
冯至　绿原　樊修章　高中甫 等 / 译

时代文艺出版社

图书在版编目（CIP）数据

歌德诗选 / (德) 歌德著；高中甫编选；冯至等译. — 长春：时代文艺出版社，2020.2
（外国经典诗歌珍藏丛书 / 柳鸣九主编）

ISBN 978-7-5387-6190-0

Ⅰ. ①歌… Ⅱ. ①歌… ②高… ③冯… Ⅲ. ①诗集－德国－近代 Ⅳ. ①I516.24

中国版本图书馆CIP数据核字（2019）第232159号

出 品 人　陈　琛
产品总监　邓淑杰
责任编辑　李鹏飞
封面绘画　刘星宇
装帧设计　孙　利
排版制作　隋淑凤

歌德诗选

[德] 歌德 著　高中甫 编选　冯至 等译

出版发行 / 时代文艺出版社
地址 / 长春市福祉大路5788号　龙腾国际大厦A座15层　邮编 / 130118
总编办 / 0431-81629751　发行部 / 0431-81629755　北京开发部 / 010-63108163
官方微博 / weibo.com / tlapress　天猫旗舰店 / sdwycbsgf.tmall.com
印刷 / 三河市万龙印装有限公司
开本 / 880mm × 1230mm　1 / 32　字数 / 245千字　印张 / 12.5
版次 / 2020年2月第1版　印次 / 2020年2月第1次印刷　定价 / 36.00元

图书如有印装错误　请寄回印厂调换

编者、译者简介

高中甫

中国社会科学院外国文学研究所研究员，1957年毕业于北京大学西语系。发表译著多种，著作有《德国伟大诗人——歌德》《歌德接受史》，与人合撰《二十世纪德国文学史》等，编有《歌德精选集》《歌德名作欣赏》《歌德绘画》《茨威格文集》（七卷本）、《二十世纪外国甜美篇小说编年选》（五卷十册）、《瓦格纳戏剧全集》《易卜生评论集》等。译有歌德的长篇小说《亲和力》，传记小说《贝多芬》《莫扎特》《舒伯特》，以及《莱辛寓言》《海涅评传》《情系蒙特卡罗》《马勒——未来的同时代人》等。

冯　至

著名诗人和学者，中国作协前副主席，中国社会科学院外国文学研究所所长。一生著作甚多，发表诗歌、小说多种，著有《杜甫传》《论歌德》等。译有里尔克、海涅、布莱希特等人的诗歌；歌德是他最喜爱的诗人，除与夫人姚可昆合译歌德的长篇小说《维廉·麦斯特的学习年代》，译有多首歌德的诗歌。先后被联邦德国授予“歌德奖章”和“大十字奖章”。

绿　原

人民文学出版社编审、前副总编辑、中国作协名誉委员、中国诗歌学会副会长。出版有诗文集《童话》《人之诗》《绿原自选诗》《绿原文集》等，译著有《浮士德》《里尔克诗选》《叔本华散文》等。《浮士德》获首届“鲁迅文学奖优秀文学翻译彩虹奖”。

樊修章

毕业于北京大学西方语言文学专业。曾在宁夏大学任教。出版译作有歌德的《浮士德》《歌德诗选》等。

识其人而知其诗，读其诗而识其人（序）

高中甫

沃尔夫冈·歌德是世界文学史上少有的长寿作家之一，他生于十八世纪的中叶，逝于十九世纪的三十年代，度过了八十三个春秋。在这近一个世纪中间，在德国和欧洲历史上发生了许多重大的、影响社会进程的事件。1824年2月25日他对爱克曼不无感慨地说道："我出生的时代对我是个大便利。当时发生了一系列震撼世界的大事。我活得很长，看到这类大事一直在接二连三地发生。对于七年战争、美国脱离英国独立、法国革命、整个拿破仑时代、拿破仑覆灭以及后来的一些事件，我都是一个活着的见证人。"[1]在这之后直到他逝世的1832年的八年里，还发生了改变

---

① 爱克曼：《歌德谈话录》，朱光潜译，人民文学出版社出版。

欧洲现状的法国七月革命等事件。他不仅仅是一个证人，更是用笔写下了他的证言。伴随他漫长一生的是他永远活跃的创作激情。他在一首短诗里写道：

生活在世界历史中的人，
难道他应当把自己顾怜，哪怕是瞬间？
谁锲而不舍用目光紧盯住时代，
他才可以议论，才配写出诗篇。

或者如他在1797年一份描述自己的文稿中所言：“永远活跃的、不停顿自内向外发生作用的诗歌创作冲动，是他存在的中心和基础。”在他的笔端，呈现出的是时代风云，映射出的是历史的运动，描绘出的是万物的面貌，追求的是生活的真谛，反映出的是人的内心世界。海涅说得好，世界想知道自己是什么样子，于是就创造了歌德，歌德是世界的一面镜子，也是生活在这个世界里的人，他本人亦在其内的一面镜子。

歌德八岁时，用稚嫩的小手写下了他的第一首诗歌，这是他在1757年时写给外祖父母的新年贺诗，到1831年10月他完成了他的自传《诗与真》的第四部，并在他逝世前两个月写下了一首四行诗《年轻人……》。

在这七十多个春秋里，他创作了小说、戏剧、叙事诗、抒情诗、文论、科学著作，包括日记、书信在内，以权威的魏玛索菲版计，共一百二十九卷。

理解歌德包括他的诗歌在内的创作，他本人在他的自传《诗与真》中为我们提供了一把钥匙，他写道："这样在我的一生中，我们不能偏离的一种方向就这样开始了，这就是说，把那些使我欢乐和痛苦或者其他我所能从事的事情转化为一幅画、一首诗，以此为自己做以了结，便于去校正我对处理事物的理解和使我内心得到安宁。没有人比我更需要这种把他的本性从一个极端抛向另一极端的才能。"他接着写道："我所写出的一切，只是一部巨幅自由的片断。"狄尔泰在他的《经历与创作》这篇著名文章中做了这样的表述："歌德创作的第一个也是决定性的特点就是，它出自经历的一种异乎寻常的能量。"他更进一步地解释说："到1796年完成《维廉·麦斯特的学习年代》为止，歌德的全部创作都是出自他的个人的经历。"在歌德的作品中，无论小说、戏剧、诗歌，都是他本人经历的一种艺术性再现，都是他本人生活的一种折射，是欢乐的一种释放，是痛苦的一种和缓；他借助他的创作使受到磨难的灵魂得到解脱，可以说，歌德的创作是一种自我蜕变、自我解放，也是自我发展的过程。在小说《少年维特之烦恼》、戏剧《克拉维果》《塔索》《伊菲格涅在陶里斯》《维廉·麦斯特》《浮士德》等中，读者都能清晰地看到歌德的存在；在他的抒情中就更为明显可见。这里不妨引用歌德说的一句更直截了当的话，1827年9月27日他对作家和翻译家卡尔·伊肯说："我写出的一切都基于生活经验，这样我就可以表明和希望，人们能够且会再次经历我的创作。”歌德的创作以诗歌始，也以诗歌终。包括《西东合集》在内，他一生写有两千多首诗歌，在体裁上从早期的阿那克里翁体到晚年的信笔拈来的诗句，几乎涵盖当时所有的诗体：民歌体、颂歌、自由体、六音部诗、Distichen（两行诗体）、十四行诗、哀歌体、格言体、谣曲等；就其内容而言，有抒情诗、叙事诗，富有哲学的思想诗、讽刺诗、格言诗等。它们，除去为数不多的宫廷应制诗和应酬、游戏之作，共同组成了歌德诗歌大花园中的各种绚丽多彩的奇花异葩。

在这座诗歌花园中间，那些抒情诗尤为鲜艳亮丽。它们都是歌德生活和情感所投下的影像。斯·茨威格在为一部《歌德诗选》写的序言中说得好：“在歌德那里很少有没有经历而写出的诗歌，这也正如很少没有诗歌的金色影子的某种经历。”把它们按写作年序排列起来，歌德的情感生活、艺术创作和思想发展的脉络便清晰可见，他的人生轨迹便凸显出来。这也即是说，不了解歌德本人的生活，便无法理解他的诗歌的真正内涵和真正的意义。

歌德的第一批诗歌产生在他在莱比锡大学求学期间（1765—1768），他的一本薄薄的小册子《安内特》被谱成歌曲出版了，随后又在从莱比锡返回故乡法兰克福后出版了他的另一本题为《新歌集》的诗集。《安内特》中收进了十九首诗，这其中有这本《诗选》中的《致睡眠》《致安内特》；1769年歌德的第二本诗集出版，但没有署他的名字，这其中有《良夜》《幸福与梦》等。这都是些短小的、有着当时流行的阿那克里翁[①]风格的诗。歌德真正投入情感的是那些抒发爱情的诗。他在莱比锡求学期间爱上了一家酒馆老板的女儿安娜·卡特琳娜·许克普夫，即是歌德在《诗与真》中称之为的安内特。歌德爱上她，也就是在这种炽热的爱中，他写下了这些使他感到爱的欢乐和因爱而带来的苦恼。歌德和安内特这段恋情由于年轻恋人所常有的脾气作怪，和随之歌德因咯血离开莱比锡而结束了。值得注意的，就是歌德在《诗与真》中讲述这段爱情经历时，写下了上面所引用的那段话："把那些使我欢乐和痛苦或者其他我所从事的事情转化为一幅画、一首诗……"

给歌德带来诗歌创作上的突破的是他在斯特拉斯堡的学习年代，从1770年4月至1771年8月这不足两年期间，他读完了学业，获得法学博士的学位，更重要的是他结识了当时"跻身于那些早已为国人所仰望的第一流人士之列"（《诗与真》）的赫尔德，歌德对他怀有强烈的爱慕和敬重，而尤为重要的是在斯特拉斯堡近郊的萨森海姆经历了一场令他刻骨铭心的爱情。作为狂飙运动纲领制定者，赫尔德对歌德思想上和诗歌创作上产生了巨大的影响，特别是在与赫尔德的交往中，歌德接触了莎士比亚，熟悉了苏格兰诗人欧西安的诗歌，接受和喜爱上了民歌；而且创作了民歌体的诗歌：《野玫瑰》《紫罗兰》《屠勒王》等，虽然数量不多，但这标志着他诗歌创作上的一个突破，突破了莱比锡时期阿那克里翁风格的束

① 阿那克里翁（约公元前582—前485）：希腊的伟大抒情诗人，他的诗歌多是歌咏爱情、女性、美酒的主题，诗句华丽。

缚。歌德在斯特拉斯堡不足两年的时间，所创作的诗歌被称之为“萨森海姆诗歌”，这中间不仅是他的少数民歌风的诗歌，而主要的是他的爱情诗。歌德在萨森海姆邂逅了一个牧师的女儿弗里德利克·布里昂。正是这个美丽而朴素、俊俏而端庄的少女叩动了歌德的心扉。歌德热烈地爱上了她，她也以自己的爱回报。在《诗与真》的第十卷和第十一卷中，他以欢快的笔触描绘了他与弗里德利克相爱时的种种愉悦的场景；他更用他的诗情把这些欢乐化为诗。他在这个时期写的抒发爱情的诗歌中有《欢会和离别》《五月之歌》以及《描花丝带附诗》《弗里德利克，你快醒醒》等。《欢会和离别》《五月之歌》是最有代表性的作品，前者中诗人形象地描绘了匆匆和恋人相会时的狂喜和旋即离去的惆怅；在后一首中诗人抒发了沉浸在幸福的爱情中对大自然感受到的快乐、激动。大自然不再是陪衬，而是作为独立的形象，与主人公的情感或相峙而立或融为一体。它们的情感纯真、强烈；音节铿锵，韵律优美，节奏鲜明；成为歌德诗歌也是世界诗歌中的珍品。

歌德在1771年8月结束学业，获得法学博士学位，稍后他不辞而别返回法兰克福，这次“始恋终弃的爱情”随之宣告结束；弗里德利克为此终身未嫁，而歌德也一直为此歉疚悔恨。他在他的作品《诗与真》《葛兹·封·伯里欣根》《划等号拉维果》，也包括《浮士德》（第一部）中，做了他文学上的忏悔。

歌德返回故乡后不久就前往魏茨拉帝国法院实习，认识并爱上了夏洛特·布甫。这是一次无望的爱情上的经历，它成了歌德稍后返回法兰克福创作《少年维特之烦恼》的动因，这部作品以及他此前不久完成的戏剧《葛兹》和未完成的《普罗米修斯》（留下的片断即收在此选集中的那首“普罗米修斯的独白”），都是发生在1770年至1785年文学上的“狂飙突进”运动的代表性的作品。此外尚有《穆罕默德之歌》《伽尼默德》《艺术家的晚歌》等，这都是崇尚天才、歌颂自然之作。

1775年，是歌德生活史重要的、有意义的一年，在这一年的4月他与一个银行家的女儿莉莉·勋内曼订婚；在同年年底他在魏玛认识了夏洛蒂·冯·施泰因夫人。歌德的一些优美、深沉的爱情诗就是为这两个女人而写的。歌德与莉莉的婚约不足半年就解除了，然而这半年时间却是集欢乐与烦恼、幸福与苦闷于一身。他爱莉莉，却不愿意失去自我，他欲罢却又不能。他不愿意与莉莉周围的“俗不可耐”的人周旋，可是即使他离开莉莉的身边仍感到找不到自己的幸福。他喊出“爱情，爱情你不要把他纠缠”，可他却仍掐不断“这支纤小的魔术”；而当他意识到自己是“莉莉动物园”中的一头笨熊时，他毅然地摆脱了这段恋情。他在这期间写的一些诗歌：《新的爱情和新的生活》《致伯林顿》《莉莉的动物园》等，不仅倾泄了自己的情感，也为自己的生活重新校正了方向。尽管他此后在一些诗中和戏剧《斯台拉》的初版献词中仍旧怀念他与莉莉相爱的日子。

歌德离开了故乡，1775年11月应魏玛公国卡尔·奥古斯特之邀到了魏玛，成为公爵的知心好友，得到了公国执政者、奥古斯特母亲安娜·阿玛莉雅的器重，并于翌年6月被任命为公国的枢密顾问，他登上了仕途，在政治舞台上有了一试身手的机会。这是一种崭新的生活，他的眼界更为开阔，他的思想更为拓展，他的观察力更为敏锐。但有一点是不变的，这就是如奥托·孔拉迪在两卷集的《歌德传》中所谈的："继续存在的对个人权利的要求，他与自然相连的经历，他对实现自我的希望。"[①]在此期间他创作了《希望》《浪游者的夜歌》《海上行》《水上精灵之歌》《冬日游哈尔茨山》等。这里特别要提到的是《冬日游哈尔茨山》，歌德1777年冬随同奥古斯特公爵在哈尔茨山狩猎，途中离开，独自骑马漫游哈尔茨山，之后用希腊颂新体写成这首诗。这是一首不易理解的诗。它的跳跃性强、跌宕起伏，转折迭现，内容不相连属；读后有一种只能意会不能言传的感受。歌德本人借评论他的人解释这首诗的机会特地写了一篇文章，分段做了梳理和解释。诗人和歌德学者冯至在谈到他读这首诗的体会时称："它表现了歌德本人的思想在过去与现在、不幸和幸福、空想与事业、现实与理解之间的徘徊。"这首诗的艺术性得到了高度的评价，里尔克在1912年一封致友人的信中称，这首诗是纯正的出色之作，"……这首《冬日游哈尔茨山》此后我就视为是最有力的最纯洁的，它是最美的诗作之一：任何一个时代都不能伤它分毫。"[②]

在魏玛的初期十年间，歌德和施泰因夫人的交往是他生活史绝

① 见奥托·孔拉迪：《歌德传》，第一卷，第294页Athenäum。

② 转引自《歌德诗歌》，475页，E·特伦茨编选，伯克出版社，1978年。

对不可忽视的重要一章。夏洛蒂·冯·施泰因是魏玛公国宫廷的马厩总管施泰因的妻子，她比歌德大七岁，三个孩子的母亲。她的容貌说不上漂亮，但却有着少妇的魅力，温柔聪颖，贤淑内蕴，是一种智慧型的女人。歌德一进魏玛不久，就被她所吸引。他俩几乎每天见面，一道读荷马、斯宾诺莎；她为他记录他口授的文学和科学著作，誊清文稿，是他精神上的支柱和生活上不可缺少的朋友。用歌德自己的话来说："我的薄弱之处由于你而得到保护，我的漏洞，由于你而得到填充。"歌德从1776年始共写给她一千七百多封信和短柬，他在一封信中称："我的灵魂紧紧依附在你的身上，你的爱是我生活中的灿烂之光，你的赞扬是我无上的荣幸。"（1781年10月29日）称"她是自己灵魂的引路人"。他俩之间的关系超出友谊，但决没有越过底线，可以说是一种柏拉图式的爱情。写有两卷本《歌德传》的著名学者毕肖夫斯基称歌德与施泰因是一种"灵魂上的婚姻"。歌德在他朋友给他本人的信中，尤其是在他的诗作中，倾注他对她的依恋，抒发了他对她的爱情；诗歌成了他的情感的唯一外化形式。他在1784年8月致她的一封信中写道："我之所以那样喜爱诗歌，是因为我在此中能以成千种形式谈论你，谈论我对你的爱情，除了你任何人都不会理解的。"他为施泰因夫人写的这些诗歌，如《命运，如何给我们慧眼》《不得安宁之爱》《致丽达》等都已成为歌德抒情诗中吟咏爱情的名篇。

歌德与施泰因夫人的友谊持续十二年之久。1786年9月他前往意大利，不辞而行，不仅没有告知卡尔·奥古斯特公爵，连施泰因夫人也不得而知。职务遇到的阻力，环境的污浊，他的精神、他的创作激情被窒息，他疲惫了。就是与施泰因夫人的关系也使他陷入一种灵与肉的冲突。于是这位魏玛公国的重臣匿名逃往意大利，逃往他童年就向往的意大利。

歌德在意大利停留了仅一年半多，1788年4月由罗马返归魏玛。就在返回魏玛一个月之后，他就在公园里邂逅制花女工克里斯蒂安·乌尔庇尤斯。他对这个充满青春活力、朴实大方，虽不十分俏丽，但别有风韵的姑娘一见钟情。他很快就与比他小十六岁，时年二十三岁的克里斯蒂安同居了。歌德顶住了各种责难和非议，他在灵与肉上得到愉悦和满足。他没有像此前那样，用诗歌来抒发他对自己所爱的女人，如安内特、弗里德利克、莉莉的爱恋。在寥寥无几的诗歌中只有他在1813年写的那首《找到了》是他当时情感的写照，但克里斯蒂安在歌德这时期的诗作中依然占据了一个重要的角色。返回魏玛后，歌德在1788年至1790年完成了由二十四首组成的《罗马哀歌》。可以说，如果没有克里斯蒂安的情与爱，那这组长诗会大为逊色的。赫尔德在1795年7月25日致友人信中写道："大多首哀歌是他返回后在迷恋乌尔庇尤斯女士的初期写就的。"

《罗马哀歌》（Romische Elegie）原题为《罗马情歌》（Romische Erotik），Erotik这个字本义就是性爱、肉欲，从这个题目就可以知道，Erotik是这组诗的主要内容。发表时改为《罗马哀歌》，哀歌（Elegie）是一种六音部和五音部古罗马的诗体形式，表达的是对往昔的感伤、哀怨、眷恋的情绪，也可以用来抒发怀念和回忆的情感。这首《罗马哀歌》是他对意大利停留期间的某种形式的总结。艺术、大自然、古罗马的爱情诗人和神话中的那些追逐性爱的神祇都成为他描绘的对象；而更重要的一个主题则是性爱的欢愉和自由。已为歌德研究者所公认的，近四十岁的歌德在罗马才第一次体验和享受到性爱的快乐，他在罗马才第一次有一个情人，即第十八首中提到的福斯蒂娜。与克里斯蒂安的结合，更加重了《罗马哀歌》中的性爱的分量。在由二十四首组成的《罗马哀歌》中，歌德在少数几首中描绘得十分大胆恣肆，用字毫无禁忌。这使歌德在发表时把其中两首撤了下来。在这个选集里，由于篇幅所限，我选了包括这两首在内的十二首。

歌德从意大利返回，他意识到自己在社会上的位置和自身的价值。1787年3月他在给公爵的一封信中写道："……我重新找到了自己，我是什么呢？是个艺术家！"他辞去许多重要公职，只负责文化和艺术的事务。他致力于科学上的研究和文学上的创作。由于与克里斯蒂安的同居，引起了施泰因夫人的不满，持续了12年的超乎友谊的关系中断了，但是他有了新的志同道合的朋友，这就是他与席勒的结交，随之形成的真挚的友谊。从1794年至席勒逝世的1805年，他们以各自的创作开创了德国文学史的一个"古典文学"时代。从罗马归来，特别是在与席勒合作的年代，他精力充沛，诗才勃发，除完成了组诗《罗马哀歌》外，创作了《培索》《维廉·麦斯特的学习年代》，叙事长诗《赫尔曼与窦绿苔》《浮士德》第一部。在诗歌创作上，要提到的是他与席勒1795年共同发起的一场讽刺短诗之战和1797年的“谣曲年”。

所谓的讽刺短诗就是指一种两行体的赠诗（Xenie），一种类似格言的诗体形式。1795年歌德目睹德国文学界、学术界的种种不良弊端，他和席勒办的一种文学刊物《季节女神》遭到非议攻击。他感到愤怒，于是联合席勒，用这种短诗形式进行反击。这一年他俩共写四百一十首两行体的短诗，对德国文坛、德国学术界的丑恶现象进行攻击，苛刻地嘲弄了他们的敌对者；同时也借此机会申明了他们的美学观点，表达了他们对社会、政治、科学的态度。

这些讽刺短诗的发表激起了德国文学界的一场轩然大波，歌德和席勒——主要是歌德——受到激烈的反击。然而他和席勒并没有把这场斗争继续下去，而是掉转头来进行创作，他在1796年11月15日致席勒的信中写道：“……我们必须勤奋地创作更伟大的更高尚的作品，和把我们的诗意的本性转化为高贵与善良人的形象，以羞辱我们所有的对手。”1797年他与席勒各自写出了多首叙事谣曲，这一年就被称为“谣曲年”。

谣曲（Ballade）是欧洲文学中一种大众喜闻乐见的，与民歌有着亲缘关系的体裁。谣曲是以诗的形式讲述一个完整的事件或故事，有人物，有情节，有对话，有抒情性的描写，有戏剧性的冲突，是“叙事的诗歌”。歌德早期就以这种体裁写过《屠勒王》《渔夫》《魔王》等，在这个谣曲年歌德创作了《掘宝者》《科林斯的新娘》《神和舞女》《魔法师的徒弟》等。这些谣曲创作表明了他在艺术上——更主要的是表明了他对生活、人生观察和哲理思考上——所达到的高度。读者在阅读时得到的不仅是审美上的享受，而且能从中得到启发和教益。

1805年5月席勒的病逝对歌德是一个重大的打击，他失去了一个志同道合的挚友，用他自己的话来说："失去了我生命中的一半。"他为了缅怀死者，想完成死者的那部未竟之作《特米特里》，但未果；为悼念席勒，在一场演出席勒的《大钟之歌》，他写了一首收场诗：

他是我们的！让这骄傲的字眼
发出的声音远盖过那揪心的悲痛。
……
他的精神威武地继续
向真、善、美的永恒迈进。
无形的平庸，留在他的身后，
把我们大家束缚得紧紧。

席勒的逝世给歌德带来一段时间的痛苦和孤独。从1806年起，他的情感恢复了平衡，开始频繁进行交往，勃发了新的活力和新的诗情。1807年间他写出形式固定、韵律严谨的十七首十四行诗。创作这些十四行诗的缘起，是1806年12月与浪漫派诗人查哈利亚斯·维尔纳等人一次耶拿的集会，维尔纳朗诵了他的一些十四行诗，这激起了歌德的兴致。在谈及此时，他写道："这是席勒死后我第一次在耶拿平静地享受到聚会的快乐；在场人的友谊激起了对逝去的人（指席勒——编者注）的思念和对再次感觉到的损失所要求弥补的渴求。……在这样的时期，诗歌艺术却提高和宽容地显现出来，对心灵的要求予以提高，对强烈的满足感予以宽容。这就是施莱格尔从前娴熟运用的，由维尔纳乐于提升为悲剧性的十四行诗体。”①

但事实上，歌德在这十七首十四行诗中所流露所表现的，超出了他在上面这段引文所表达的。当时经常在耶拿出版家弗洛曼家里，和在耶拿近郊齐格萨男爵庄园举行的聚会上，出现了两位年轻美貌的少女，弗洛曼的养女米娜·海尔茨利伯（1789–1865）和齐格萨的女儿苏尔维，她俩都对这位已近花甲之年的诗人抱有父亲般的崇敬之情，可歌德却逐渐陷入一种“女儿、女友和小爱人”的情感里。然而歌德不仅有着一种转化的才能，也有着一种自制的力量，他把他对这两位如花少女的矛盾心理转化为十四行诗，在《哑谜》《成长》等诗里，明显看出米娜·海尔茨利伯的存在，在他发表这些十四行诗时保留下来的两首诗（即本选集收入的《少女、诗人》和《纪元》）是为苏尔维而写的；另一方面他也用这种外化的形式恢复了内心的平静，校正了生活的方向。

1813年发生了莱比锡的民族大会战，拿破仑被联军击溃。在这场民族解放战争进行正酣期间，歌德却躲在书斋里把他的目光转向

① 转引自奥托·孔拉迪：《歌德传》，第二卷，第338页。

东方，他阅读了大量有关中国的书籍，接触到十四世纪波斯诗人哈菲斯的抒情诗集。他这时积累的中国知识，为他几年后创作的《中德四季晨昏杂咏》奠定了基础，而同哈菲斯的接触激起了他的诗情。对爱情、美酒、大自然的讴歌是这位帖木儿王国全盛时代诗人的主要基调，它们引起歌德的强烈共鸣，并使他摆脱开精神感到压抑的现实。他1815年在《日记和年志》中写道：“他（指哈菲斯——编者注）的全集确实对我发生了越来越大的影响，迫使我非从事创作不可。”他从1814年开始创作《西东合集》，他不拘一格，这些诗歌有格言、有长诗、有短句，有的是信手拈来，有的是凝思冥想之作。在哈菲斯的激发下，对生活爱情、人生、道德宗教、伦理进行新的、富于哲理的观察。《西东合集》共十二篇三百余首。歌德为了便于读者更好地理解《西东合集》，亲自为《西东合集》写了一份广告，录了诗集的第一首诗的第一节，称这是诗人的思想和意图：

北方、西方和南方离析分崩，
皇座碎裂，帝国颤动，
你逃走吧，在纯净的东方，
去把宗法的空气品尝。
爱情、唱歌和畅饮，

吉塞泉[①]使你重返青春。

在谈及《西东合集》时，必然要谈到发生在这时期歌德与玛丽雅娜·维勒迈尔的一段恋情。波斯诗人哈菲斯激发了他创作的诗情，而拨响他的琴弦，使《西东合集》中《苏莱卡之歌》一篇的美丽诗行不断涌出的则是这个时年三十岁的女人。

歌德1814年第一次在他的朋友银行家维勒迈尔家中看到玛丽雅娜·荣克，她是维勒迈尔的养女；翌年，当歌德再次见到她时，她已是维勒迈尔夫人了。这是一个秀外慧中的女人。她对歌德怀有强烈的敬意和爱慕之情；而六十五岁的歌德则对玛丽雅娜暗生情愫。他在精神上渴求，在行动上却规避。但他是诗人，他有着把他的欢乐和苦恼、把他的矛盾和情结转化为诗的才能。这次他以一个“西方歌者”身份写出的“东方诗集”倾诉了他的爱恋之情。《西东合集》中《苏莱卡》就是这段恋情的产物。但玛丽雅娜不是一个德国的少妇，而是一个头戴面纱的波斯少女；而歌德也不是一个德国诗人，而是一个头戴缠中的波斯歌者。

在此后的岁月，歌德还不时忆起相聚时的快乐和离别带来的惆怅，1828年写的一首题为《给上升的满月》就是为她而作；在他逝世前一个多月，他在寄还给她的一些信件中，附上了他写下的一首短诗，表达了他对往昔那段美好时光的怀念之情。

---

① 吉塞泉：摩西的同时代人，生命泉的守护者，传说哈菲斯曾饮此泉水而返青春。

老年歌德在诗歌创作上仍孜孜不倦，他写了数百首《温和的馈赠诗》，这是一个伟大的智者不断闪现出的智慧的火花。此外，歌德1827年写了一组《中德四季晨昏杂咏》，共十四首。这些诗都是咏物的，但托物寄情，比兴丰富，他借助这些诗抒发了他对东方古国的憧憬，《激情三部曲》则是他晚年的最为重要的诗作。

像歌德一些抒情诗珍品都是他恋情的映射一样，《激情三部曲》是他晚年感情生活的一种转化。

1823年他又一次在玛里昂巴特遇到了他此前在1806年见过的乌莉克·莱温佐夫。1823年，这一年她已成长为一个十八岁俊俏的少女，而歌德时年已七十四岁，是她视之为爷爷辈的老人。歌德先是对她怀着父亲般的疼爱，可随之爱情不可遏制地冲破了他理智的闸门，竟然委托卡尔·奥古斯特公爵代他求婚。他的求婚遭到了婉拒。歌德为了倾诉对她的爱，写了许多首诗歌，1823年9月他与莱温佐夫一家最后告别，在返归魏玛的途中把他的一生中最后一次爱情上的喜悦和痛苦、断念和绝望转化为一首哀歌《玛利浴场哀歌》。在诗的前面他引用他在《塔索》中的两行诗："如果人在他的痛苦中静默，/一个神就让我说，我苦恼什么。"这是塔索在倾吐对公主的爱遭到摈斥后一段独白中的诗行。它痛切地表达了歌德此时的心境。

在《玛里昂巴特哀歌》稍前和稍后诞生的《和解》和《致维特》两首诗，歌德在整理它们时，并没按时间顺序排列，并亲自冠上了《激情三部曲》的标题；前者是为波兰钢琴演奏家玛丽亚·斯齐玛诺斯卡而写，《致维特》则是应魏加特出版社为纪念《少年维特之烦恼》出版五十周年之约而作。这三首诗虽然各自独立，但它们都是老年歌德心态的写照。

歌德的诗歌，基于经历，源于生活。毕肖夫斯基在他的《歌德传》一书中写道："出于特殊处境诞生的诗歌，都被特殊的个人的、地方的和时间的关系所渗透；这使那些对此素无所知的读者感到迷惘。"[①]因此我在本文中就此做了较多的说明。这便于读者对歌德的诗歌有更好的理解。识其人而知其诗，读其诗方知其人。

每一个人都有属于他本人的喜怒哀乐，都有他的经历和遭遇，但并不是每一个人都有把它转化为诗的能力；有一些诗人有这种转化的能力，但他们并没有使他们的诗歌成为佳品的才能。而只有伟大的诗人，才具有卓越的转化的天才，使它们成为自己诗歌中的传世之作，使它们成为世界诗歌中的珍品。而也正是由于他的转化的天才，使他的诗歌达到从特殊步入一般、从有限进入无限、从瞬间化为永恒的高度。

再就这个选本赘言几句。

斯·茨威格在《我选的歌德诗》的序言中写道："从歌德的抒情诗选出本质性的诗行，那是一项大胆之举；可这是一项必须要做的选择。但是审美判断的绝对性是不能作为选择歌德诗歌的原则

① 毕肖夫斯基：《歌德传》，第二卷，第371页，伯克出版社，1922年慕尼黑。

的，因为这必然会把抒情诗和生活、机缘和内容，艺术作品和传记恰恰在这样一个人身上分割开来。”[①]他认为：“作为创作秘密的歌德生活，是选本的最高规则。歌德的作品和生活是一个不可分离的整体。”我认为这是对的，因此我以年代为序[②]，选了包括从《维廉·麦斯特的学习年代》和《浮士德》选择出的在内，共二百多首歌德各个时期的代表性作品，它们反映了歌德的生活，它们所构成的轨迹即成为歌德一生所走的道路。

歌德诗歌中译已有许多，我的这个选本侧重于抒情诗，除了由我自己译出一部分外，其余选自冯至、绿原和樊修章三人已出版的译文，他们是著名诗人、歌德研究者、翻译者。得以被授权使用他们的译作，令我深为铭感。他们的译文使这本书大为增色。在诗的选择和安排上，由于时间匆忙和力有不逮，疏漏之处难免，望得到读者的指正。但愿这本选本能为读者带来审美上的享受和加深对歌德的理解。

2011年12月

① 见《茨威格文集》，第六卷，第29页，陕西人民出版社。

② 不同的版本中，每首诗标明的年代大多相同，但个别的亦有细微差别，我所依据的是柏林版《歌德文集》（12卷本）和岛屿出版社以时序排列的《歌德诗集》（两卷本）。

目 录 Contents

致 睡 眠

连诸神的眼睛你都能
以你的罂粟强制闭上，
并时常为牧童引来情人，
又让乞儿登基为王。
听着：今夜我不求你
送我进入梦乡，
亲爱的，你务必
帮我一个大忙。

我坐在我爱人身边
她双眼发饧，春意朦胧，
而在妒忌的丝绸下面
她的酥胸隆起而高耸；
她拿我的亲吻
不时挑逗小爱神，
可我总怕好事难成，

那儿醒着古板的娘亲。

傍晚你又和我相遇
在那儿，哦请进入，
用羽毛把罂粟撒布，
好让娘亲早点睡去：
趁灯光摇曳未熄，

亲爱的安内特[①]热热和和
沉入了，像妈妈沉入了你的，
她沉入了我贪婪的胳膊。

（1766/1767）

绿原　译

① 安内特，即安娜·卡特琳娜·许克普夫（1746—1810），歌德在莱比锡求学时期的第一个情人。

新婚之夜

在远离庆典的卧室里
坐着忠实于你的小爱神，他担心
恶作剧的宾客们会用诡计
来破坏婚床的和平。
暗淡的金色火焰在他面前
闪耀着圣洁而神秘的光辉；
室内缭绕着香烟，
让你们饱尝新婚的况味。

钟声一响驱散宾客们的喧腾，
你的心跳动得何等激烈！
你多么渴望那美丽的樱唇，
它随即沉默，毫不拒绝！
你急于把一切完成，
陪她一齐走进圣地；
守夜人手里的灯

是一点夜光寂静而微细。

她的胸脯和她的脸
因你的狂吻而起伏！
她的古板现在化为震颤，
因为你的大胆变成了义务。
小爱神火速帮你为她解衣
可还不及你一半那么快；
这时他既狡猾又安分守己，
把两只眼睛紧紧闭了起来。

（1767）

绿原　译

献给友人贝里施的二首颂歌[①]

第 一 首

把这美丽的树移栽一下吧，
园丁，他令我伤心。
这棵树应该有
一块更幸运的地盘。

他天然的力量还有
一种抗毒素，抵御
土壤吮吸一切的贪婪，
空气败坏一切的腐烂。

看哪，他在春天怎样

① 贝里施，即恩斯特·沃尔夫冈·贝里施（1738—1809），歌德在莱比锡求学时期的朋友，性格乖僻，被歌德在《诗与真》中称为“世上所能有的最古怪的怪物之一”。

长出了嫩绿的叶子，
它们橙子的芳香
对于害虫是毒药。

毛毛虫的利齿
碰到它们就会变钝，
它们的银色光辉
在阳光下面闪烁。

少女们希望
拿他的枝叶
编新娘的花冠，
小伙子想吃果子。

可是，秋天来了，
（毛毛虫消失了）
向狡猾的蜘蛛抱怨
这棵树竟然没有枯萎。

那华丽的敌人
从她的紫杉住宅
飘飘荡荡甩到

慈善的树上

却不能把他伤害。
可这做作的家伙
便以灰色呕吐物
布满银色的树叶，

得意洋洋地瞧着
少女如何惊心地
小伙子如何伤心地
走了过去。

把这美丽的树移栽一下吧，
园丁，他令我伤心。
树啊，感谢园丁吧，
那把你移栽的园丁！

第　二　首

你去吧！我要发牢骚。
去吧！让我发牢骚。
正直的人，

且逃离这片国土。

死掉的沼泽，
蒸腾的十月雾
在这儿久久不散地
编织它们的分泌物。

害虫的
孳生地，
它们作恶的
行凶外壳。

芦苇岸边
躺着淫秽的
扯断它！我不抱怨。
正直的朋友决不会
拖住能够逃跑的
同囚难友。

一想到
友人的自由
他在狱中

也觉得自由。

你去吧，我留下。
但去年的轮辐
已绕着烟雾腾腾的
轮轴在转动。

我数着隆隆
车轮的撞击声，
祝祷最后一声来临，
那时牢门崩裂，我跟你一样自由。

（1767）

绿原　译

良　宵

我离开我爱人的小屋，
她在那里安身。
我躲躲闪闪的脚步，
穿越荒凉阴暗的森林！
月光透过丛林和橡树，
微风传送我的足音，
俯下身来的桦树朝它们散播
甜蜜的氤氲。

在这清凉美好的夏夜
我是多么悦目赏心！
噢，这儿多么宁静，
感受到灵魂的欢欣！

欢乐不是容易把握，
我要把这样的月夜千个万个，

都让给你，老天，

但求我的姑娘赐一夜给我。

（1768）

高中甫　译

幸福和梦

你经常在梦中看见，
我们向神坛走去，
我是丈夫，你是我妻。
我经常醒时捧起你的嘴唇，
在没人注意的时刻，
尽情地狂吻。

我们感受过，最最纯真的幸福，
那些美好时辰的狂喜，
像时间一样，连同享受消逝而去。
这种享受于我何用？
所有的欢乐犹如一吻，
而热吻如梦，消散得无踪无影。

（1768）

高中甫　译

变　换

我躺在溪边的沙砾上，多么明亮！
迎着涌来的波浪，我摊开臂膀，
它卖弄风情地挤压我的胸膛；
随之佻达地顺流而淌。
第二个波浪靠近，它再次把我抚摸；
于是我感受到变换的乐趣带来的欢乐。

人生匆忙，时间珍贵，
你就这样地消磨，实在可悲，
就因为那可爱的少女把你抛弃！
噢，昔日的时光，把它们唤回！
第一个少女的嘴唇还未吻及，
第二个少女的唇吻甜蜜无比。

（1768）

高中甫　译

告　别

让我的眼睛向你告别，
我无法开口！
通常我确实是个男子汉，
可太沉重了，他如何忍受！

爱情的甜蜜信物，
甚至在此刻变得悲哀。
你的唇吻冰冷，
你的握手无精打采。

从前，一次偷偷的轻吻，
噢，多么令我销魂！
三月清晨摘下的一朵紫罗兰，
使我们是那样欢欣。

我不再为你采摘玫瑰，

为你编结花冠。
亲爱的弗兰茨馨，春天到了，
可对我却是秋天！

（1770）
高中甫　译

五 月 之 歌

多么壮丽啊，
自然向我辉耀！
看太阳多么辉煌！
看田野欢笑！

一切枝头
到处鲜花喷放，
千种百种鸣声
飘出林莽。

而且欢声笑主
从人心迸放。
好啊，大地，太阳，
幸福，欢畅！

爱情哟爱情，

你如此珍奇美婉，
像那边山上
清晨拂动的烟岚！

你喜气洋洋
祝福清新的田野，
祝福这丰盈、
笼着药香的世界。

姑娘啊姑娘，
你两眼明光熠熠，
你是多么爱我啊，
我多么爱你！

像云燧雀这般喜爱
鸣啭在高天，
又像清晨的花朵
爱朝露泞泞，

我这般爱你，
用我燃烧的活力，
你给我青春，

给我欢愉、勇气，

让我写出新歌
又翩翩起舞。
愿你毕生爱我，
毕生幸福！

（1771）

樊修章　译

描花丝带附诗

春神俊美欢快
伸出轻巧的手来，
嬉戏着把纤花细叶
撒上轻柔的丝带。

请和风带着飞翔，
去绕在情人的身上！
让她去对着镜子
满身都喜气洋洋。

她身上玫瑰映照，
像玫瑰一样娇娆——
有情人这样观赏，
就是我充分的酬劳！

请体察我的心态，

放心地伸过手来，
联系我们的纽结
绝不会脆如丝带！

（1771）

樊修章　译

欢会与离别

心跳怦怦，催动我骑行，
我飞身上马等不得想定。
黄昏正摇着大地安眠，
夜色垂向四周的山岭；
橡树披着夜雾的衣裳
像昂然挺立的巨人一样，
黑暗在林丛里面睁着
千百黢黑的眼睛张望。

月亮钻出山样的云涛
冷清清透过雾纱观照，
阵风扇起轻捷的翅膀
阴森森在我耳边呼啸。
黑夜变幻出怪影千重，
我心情却是愉快轻松。
内心的情绪多么炽热！

血管中火焰多么熊熊！

看着你含情脉脉的眼光
就向我流来温馨的欢畅；
我甚至呼吸都只是为你，
心儿囫囵地守在你身旁。
春天姹紫嫣红的景象
衬托着你那妩媚的容光，
你对我一腔柔情蜜意，
我虽然渴望却不配承当。

可是朝阳又泛起分离，
使我的心胸感到紧逼。
和你亲吻是多么快慰！
你目光又是怎样地悲戚！
我走时你站着目光低俯，
目送我走开泪眼模糊。
多么幸福啊，被人爱上！
爱上人又是多么幸福！

（1771）

樊修章　译

弗利德利克，你快醒醒

弗利德利克，你快醒醒，
把黑夜扫净！
你目光一闪就使黑夜
化作黎明！
小鸟温柔婉转地鸣叫，
充满了深情，
正在招呼我亲爱的妹妹，
招呼你苏醒。

你的诺言和我的宽慰，
你全不理会？
这不能原谅，你快醒来！
你还要昏睡？
仔细听呀，夜莺的悲歌
今天也默着，
都是由于可恶的睡眠

不把你放过。

轻轻颤动的一抹晨曦
泛着红意，
熹微的光线透进房中
却唤不醒你。
偎依着姐姐为你而起伏
只因你这最美的诗神
还笼着睡梦。

（1771）

樊修章　译

野 玫 瑰

少年看见玫瑰花，
荒郊上一朵玫瑰花，
如像朝霞鲜又美；
少年紧跑着去看它，
看得心头乐开了花。
玫瑰玫瑰红艳艳，
荒郊上一朵玫瑰花。

少年说是我要掐
荒郊上你这玫瑰花！
玫瑰说我扎得你
永生忘不了玫瑰花，
我不甘心被你掐。
玫瑰玫瑰红艳艳，
荒郊上一朵玫瑰花。

任性的少年动手掐
荒郊上那朵玫瑰花；
玫瑰又扎又自卫，
连喊带哭救不了它，
只得忍痛被人掐。
玫瑰玫瑰红艳艳，
荒郊上一朵玫瑰花。

（1771）

樊修章　译

朝圣者的晨歌

——致丽拉

晨雾朦胧，丽拉，
罩住了你的钟楼。
愿我不是最后
一次见到它！
幸福回忆的
千百倩影依然
神圣而温暖地
在我心头缭绕回荡。
当你第一次
腼腆而深情地
遇见
这个陌生人
并意外地
将永恒的火焰
投入他的心灵时，
那钟楼就屹立着

做过我的狂欢的见证。
朔风啊，以千百条
蛇舌围着我的
头颅呼呼作响吧！
你不会使它低下来！
尽管你可以压住
幼枝的头颅
使之背离
太阳妈妈。
无所不在的爱啊！
烧暖我的全身吧，
让我抬头抵挡风暴，
挺胸迎接危险吧，
给我早枯的心
注进
双重的生命，
活下去的喜悦
和勇气。

（1772）

绿原　译

流浪人的暴风雨之歌

你不抛弃他，守护神，
暴风骤雨就不会
给他心头蒙上恐惧。
你不抛弃他，守护神，
他就会迎着雨云，
迎着冰雹
放声歌唱，
像云雀一样，
你高空的云雀啊。

你不抛弃他，守护神，
你就会用火焰的翅膀
把他挟过泥泞的小道。
他就会仿佛用花座
在漫游，游过

多伊卡利翁[1]的洪流泥潭，
像轻快、伟大的屠龙手
皮提俄斯·阿波罗[2]一样。

你不抛弃他，守护神，
当他睡在岩石上面时
你就会用绒毛翅膀垫在他身下，
你就会在林间的午夜
用守护的羽翼盖住他。

你不抛弃他，守护神，
你就会在狂风大雪之中
把他裹得暖暖和和；
缪斯们就靠拢温暖，
美神们就靠拢温暖。

围着我飞翔吧，你们缪斯，
你们美神！
这是水，这是土，

---

① 多伊卡利翁，希腊神话中普罗米修斯之子，与其妻皮拉为宙斯所发洪水的唯一幸存者，成为再生人类的祖先。

② 皮提俄斯，阿波罗的一个别名，因屠杀巨龙皮同而得名。

这是水与土之子，
我在上面漫游着
有如天神。

你们纯如水之心，
你们纯如土之精，
你们围着我飞翔，我飞翔
在水之上，在土之上，
有如天神。

他会回去么，
那矮小、黝黑、性急的农夫？
他会回去么，只是期望
布洛弥俄斯老爹[①]、你的馈赠
和明亮、暖人的炉火？
他会大胆地回去么？
而我，有你们陪伴，
所有缪斯们和美神们，
你们所有缪斯们和美神们，
头戴花冠的救星，到处为人生

① 布洛弥俄斯，酒神的别名。

所颂扬的一切等着我，
我会垂头丧气地回去么？

布洛弥俄斯老爹！
你就是守护神，
世纪的守护神，
你就是内心炽热
之于品达[1]，
就是福玻斯·阿波罗[2]
之于人世。

呜呼！呜呼！内心炽热，
灵魂的炽热，
这才是中心点啊！
冲着福玻斯·阿波罗
燃烧起来吧！
否则他的王侯目光
会冷淡地
从你身上滑过去，
满怀妒忌地

① 品达，即品达罗斯（约公元前522—前443），古希腊著名抒情诗人。
② 福玻斯，阿波罗的另一别名，意即太阳神。

端详着竟然
不待他而发绿的
杉树的力量。

为什么我的歌最后才提到你
它自你开始的你，
它到你结束的你，
它从你迸涌的你，
朱庇特·普路维乌斯[①]！
我的歌倾泻着你，你，
而卡斯塔利亚之泉[②]
却涓涓流出一道支流
流向苟安者，
与你远隔的
尘世的福人，
是你抓住我，又掩护着我啊！
朱庇特·普路维乌斯。

---

① 朱庇特，罗马神话中主管雷雨的神，朱庇特·普路维乌斯，即雨神，此处是说诗的灵感为雨神所赐予。

② 卡斯塔利亚之泉，希腊帕尔纳苏斯山上的神泉，阿波罗和缪斯们的饮用泉。

你没有在榆树旁
访问过他，
那把一对白鸽
抱在温柔胸前，
头戴宜人的玫瑰花冠，
游手好闲的他，以花为福的
安那克瑞翁[①]
吞吐暴风雨的神明！

你没有到白杨林中，
西巴利斯河滨[②]
阳光灿烂的
山顶上
去找他，
那颂赞百花、
吟唱蜂蜜、
向人友好示意的
特俄克里托斯[③]。

---

① 安那克瑞翁（约公元前572–公元前488），古希腊抒情诗人，歌颂醉酒妇人。

② 西巴利斯，意大利南部古城，居民以奢侈柔弱著称。

③ 特俄克里托斯（公元前3世纪），古希腊田园诗人。

当车轮辚辚，一轮接一轮
向着目标飞驰[①]，
为胜利而激昂的
青年高高
挥响长鞭，
于是尘土飞扬，
有如从山上
坠入谷中的阵阵冰雹时，
品达啊，你的心声为他继续飞驰
燃起了勇气——燃起了吗？——
可怜的心！
到那边山头去，
上天的权威！
给我一点点热力，
让我跋涉到
那边我的小屋去！

（1772）

绿原　译

① 指奥林匹亚竞技车辆，曾为品达的歌颂题材。

紫　罗　兰

紫罗兰长在荒郊外，
一朵紫罗兰特可爱，
勾着头儿没人睬。
牧羊姑娘走过来，
兴冲冲走得好轻快，
来了，来了，
唱着歌走过草场来。

紫罗兰心想普天下
但愿我是最美的花，
等一会儿瞧着吧，
小情人就会把我掐，
压在怀里蔫塌塌！
快了，快了
只要再稍稍等一霎！

姑娘却只是朝前跨，
踩死这朵可怜的花，
看也不曾看一下。
花儿临死心欢喜：
我死毕竟是由于她，
死了，死了，
死在她的脚底下！

（1773）

樊修章　译

拯　救

我的姑娘对我不忠，
这使我痛苦莫名；
我跑到湍流的河边，
河水从我身旁流过。

我伫立，绝望，沉默，
脑子里就像如醉酒一般，
我几乎陷入激流，
世界同我一道天旋地转。

突然我听到一声叫喊——
我扭转过身——
传来了令人陶醉的声音：
“你要小心！河水很深。”

我为之一怔，我意乱心慌，
我看，是一位俊俏的姑娘，
我问她："你叫什么？""凯特馨！"
噢，美丽的凯特馨！你太善良。

你把我从死亡中拽回，
我永远感谢你给我生命；
可你给我还是不多，
我的一生也要幸福快乐！

我向她苦诉我的哀怨，
她可爱地垂下她的双眼，
我吻她，她也吻我，
死亡便消逝不见。

（1773/1774）

高中甫　译

迦尼墨得斯[1]

春天，
我的情人，
你像有朝霞被体，
把我的周遭燃得通红！
你永远高洁灼热的感情，
你磅礴的美哟，
以千重爱的欢欣
在我心头鼓涌！

我多么希望
将你紧抱怀中！

偎依在你的怀中哟，

① 据希腊神话传说，迦尼墨得斯为达耳达诺斯王特罗斯和卡利罗厄之子，长得十分英俊。宙斯喜欢他，就把他掳去做侍酒童子。这首诗立意与希腊神话不同，迦尼墨得斯不是被掳走，而是渴望投入天父的怀抱。

我思慕无穷，
你的花、
你的草
向我心中辐辏。
怡情快意的晨风
清润我心头的焦渴，
夜莺从雾漫的山涧
向我多情地呼唤。

我来了，我来了！
可我该何去何从？

向上，努力向上！
浮云在降落。
浮云在俯向我，
垂怜我这渴慕的情人！
云抱着我，
我抱着云，
在云的怀里
向上，
向上，
博爱的天父哟，

上升到你的怀中！

（1774）

樊修章　译

致御者克洛诺斯[1]

赶快，克洛诺斯！
把嘚嘚马蹄赶得更快！
现在正是下坡；
你的磨蹭搞得
我头昏脑涨。
使点劲儿，马上让车轱辘辘
跳过沟沟坎坎跑过去
赶快跑进人生去！

现在又要，
一步一喘气
辛辛苦苦上山了！
上吧，别松劲，

① 克洛诺斯，希腊神话中天神乌拉诺斯的儿子，宙斯的父亲，吞食自己的孩子的巨人；先推翻乌拉诺斯成为天神，后又为宙斯所推翻；被奉为时间之神。后人将他与罗马的农神萨图恩混同，奉为收获之神。本诗将他比作驾驶人生马车的“御者”。

满怀希望地跑上去！

环顾人生，眼界
辽阔，高超而壮丽，
从这山到那山
飘荡着永恒的精灵，
预感到永恒的生命。

路边棚屋的阴凉
吸引着你，
还有门口少女的
目光令人心旷神怡。
打个尖吧！——姑娘，也给我
来这杯泡沫四溢的美酒，
来这新鲜健康的一瞥！

又要下坡，快点下吧！
瞧，太阳落山了！
趁它还没落下去，趁沼泽的雾霭
还没迷住我这白发老汉，
落齿的颚骨还没唠唠叨叨，
而摇摇欲坠的双腿——

沉醉于最后的光辉，
快载我走，一片火海
汹涌在我眼中，
快载我这个老眼昏花的蹒跚者
进入那漆黑的地狱之门！

御者啊，请吹起号角来，
把嘚嘚马蹄赶得更响，
好让冥府听见：我们来了，
好让主人[①]马上站在门口
殷勤接待我们。

（1774）

绿原　译

---

① 指冥王普路同。

画家黄昏吟

但愿内心创造的活力，
会在我心中汩汩冲激，
一幅气韵生动的构图，
就从我指尖往外喷溢。
我格格不吐，只是哆嗦，
然而我还是不能放过，
自然，我对你自觉了解，
因此我必须将你把捉。
我暗自思量，过上几年
我心灵就会豁然拓展，
原先这块贫瘠的荒地
就将饮用欢畅的流泉。
自然，我真是万分渴慕
亲切坦诚地和你接触，
你该涌起勃旺的清泉
从万千孔隙向我喷注，

你该涌起全部的活力
使我的心灵清朗明晰，
让我心中狭窄的空间
延伸扩展而无边无际。

（1774）

樊修章　译

普罗米修斯

宙斯，用云雾
把你的天空遮盖好了，
像割掉蓟草的孩子那样，
你去对橡树和山巅
施展你的本领；
可我的大地
你不要乱动，
还有我的茅屋，它非你建造，
还有我的炉灶，它的火光
使你妒火中烧，

在太阳下面，众神，
我看不到有谁比你们更加可怜！
你们悲惨地
靠供奉的祭品
和祷告的声息

喂养着你们的尊严，
若不是儿童和乞丐
充满希望的傻瓜
你们就得忍饥挨饿，

当我是个孩子时，
我不知道哪儿去寻求指点，
我睁着迷惘的眼睛，走向太阳，
好像那儿有一只耳朵
在倾听我的哭诉，
有一颗和我一样的心，
去怜悯那些受苦的人，

谁帮助我
去抵抗泰坦人的蛮横？
谁把我从死亡中救出
免受奴役？
难道这一切都不是你自己完成，
神圣炽热的心？
而你天真善良，
被欺骗，却要热忱地

去感谢那个酣睡者的救命之恩?

我尊敬你?为什么?
难道你减轻了每个受难者的痛苦?
难道你止住了
每个受害者的泪水?
难道不是全能的时间
和永恒的命运
我的主宰和你的主宰
把我铸成男子汉?

也许你在胡思乱想,
我会仇视人生,
逃向沙荒,
因为所有的美梦
没有实现?

我坐在这里,去造人,
按照我的形象,
一个新的种族,跟我一样,
去受苦,去哭泣,
去享受和去欢乐,

并且看不起你，
像我一样！

（1774）

高中甫　译

屠　勒[1]　王

屠勒曾有个君主
毕生都用情专注，
爱妃把一个金杯
临死时给他交付。

他看得极为珍贵，
喝酒总用这金杯，
他只要举杯啜饮，
眼里就噙着眼泪。

生命垂危的时日，
他把全国的城市
连一切都给王储，
只留下这只杯子。

① 欧洲传说中极北地区的岛国。

他在濒海的王宫——
世袭的大厅高耸，
在那里举行御宴，
由一群骑士簇拥。

嗜酒的老王饮过
生命残存的焰火，
就将神圣的金杯
一掷投进了洪波。

他看着金杯晃荡
深深地沉进海洋，
从此后再不饮酒，
他已把眼睛闭上。

（1774）

樊修章　译

英灵致意

英雄高尚的英灵
高扬在古塔尖顶，
看船只来往经过，
祝船只顺利航行。

“我的心豪放坚强，
筋骨曾这般健壮，
骨中有骑士的活力，
杯中盛满了酒浆。

“我曾经半世奔驰，
半世又耽于闲适。
你这人世的扁舟
要永远向前飞驶！”

（1774）

樊修章　译

艺术家的晚歌

啊，愿内在的创造力量
响彻我的感官！
愿一个元气勃勃的形象
流出我的指间！

我结结巴巴，浑身发颤，
简直难以自己；
我觉得，我认识你，自然，
所以我得抓住你。

我这才想到，我的感官
已经开放多少年，
它过去是不毛的荒原
而今在品尝欢乐的泉源；

我多渴望你啊，自然，

忠实而爱慕地把你试探！
你将从千百条水管
向我射出诙谐的喷泉。

我的全部力量将
昂奋于我的感官，
这狭隘的生涯将
向永恒绵延。

（1774）

绿原　译

新的爱情新的生活

心儿，我的心儿，你是怎么啦？
是什么使你这样不宁？这新的生活是多么陌生，
我再也无法认清。
你所爱的一切都已逝去，
走开吧，你为什么使自己忧郁，
你的勤奋和你的安谧业已远离——
呵，你怎么把自己弄到这步田地！

束缚你的是那青春之花？
是这可爱的倩影，
这充溢忠贞与和善的目光
带有无边无际的力量？
我欲迅速摆脱它们而去，
激励自己，从它们那里逃逸，
可在一瞬间，呵，
我的路又把我牵回到它们那里。

这支纤小的魔线
无法把它扯断，
这可爱轻盈的少女
强把我紧紧桎梏在身边，
在她的魔力圈里，
生活得依照她的心愿。
呵，这变化是多么大呵！
爱情，爱情你别把我纠缠！

（1775）

高中甫　译

致伯林顿[1]

你为何把我拽入豪华
不容违抗?
在这冷清的黑夜,
我这善良的青年不是很舒畅?

悄悄地关上房门,
躺在床上,
沉浸入月光
完全被它的清冷的光华围绕,
我进入梦乡。
梦想纯真欢乐的金色时刻,
我不详地感谢到,
你的倩影深深印在我的心房。

我还要让你羁留在灯光辉煌的赌桌旁?

① 伯林顿是阿那克里翁派诗人常用作爱人的代称,此处指莉莉。

你还要时时把我
在俗不可耐的人们面前置放?

春天原野上的鲜花
并不令我更为迷恋,
天天的所在是爱是善,
你出现的地方是自然。

(1775)

高中甫　译

莉莉的动物园

还会有谁家的动物园
能像我莉莉的五色斑斓！
尽是极为珍奇的动物，
她只管弄来，别的全不管。
野物乱冲乱窜，
剪秃的翅膀打扑扇，
全体可怜的王孙公子
都受不完求偶的苦熬煎。

“仙子何名？叫莉莉？”不问也罢，
谢天谢地你不认识她。

只要她一朝门口跨，
喂食的筐子手里拿，
听那个呱呱呱，嘎嘎嘎，
听那个唧唧唧，喳喳喳！

高树矮树满园的树
好像也精神焕发，
整群动物都扑向她脚底下，
就连池里的鱼
也急得探头咂嘴巴。
于是她将饲料撒，
更秋波乱递，
别说野物，神仙也会酥酥地麻。
于是抢个一窝蜂，
啄的叼的咂的咂，
又推又挤又撕扯，
又撵又鸽又惊怕，
都只要一点点面包渣；
再干也像琼浆泡，
玉手撒出的味道就不差。

她“琵琵，琵琵”叫几声，
那声调哟，那眼风，
准招来朱庇特[1]座上的鹰；
连维纳斯的鸽子[2]，

① 罗马神话中的主神，即希腊神话中的宙斯。他老是带着一只鹰。
② 据希腊神话，鸽子是维纳斯的扈从。

连孔雀[1]都得意忘形，
我担保会都朝这里跑
远远的一听这叫唤声。

而且她还从黑夜的树林中，
把粗蛮暴野的一只熊
骗进了圈套，
也朝这驯良的连队里送。
使熊也随众变驯良——
不言而喻，就只某一点不相同！
她显得多么美丽又雍容，
我真想把这一腔血
送给她浇花用。

你说："此话怎讲？所指何人？"
熊就是在下，不妨坦率相陈。
我被丝绦拴在她脚底下，
被裹进她的网眼裙。
这一切是怎么造成的，
异日向诸君细禀，

① 天后朱诺的宠物。

今天我实在气不忿。

嗨嗨，我这样站在角落里
听远处喳喳叽叽，
看翅膀扑棱，羽毛熠熠，
我转过身来
一声吼，
退一段距离，
环顾四周
又一声吼，
又退出一段距离，
可终于还是回心转意。

后来却蓦地起了疯狂劲，
粗暴的气息从鼻孔里喷，
深藏的天性爆成了野性。
我只是懦夫大蠢人！

啃松子的松鼠，这么个琵琵[①]！
我蓬乱的鬣毛往起挺

① 王子名。

一反常态献殷勤。
修过的树木对我都嘲笑，
黄杨冲我把鼻子翘，
我真想从滚木球草坪[1]上赶紧逃，
躲开修得平整宜人的草。
我逃进幽深的灌木丛，
钻出兽槛，
想越过栅栏朝外跑。
可是我攀不能攀，跳不能跳，
一股魔力坠得我往下掉，
那魔力像铁钩把我抓个牢。
我拼死拼活，疲惫不堪，
终于在人工瀑布旁边身卧倒，
咬牙哭泣滚得快断气，
只有摆在那里的陶瓷仙子
知道我受煎熬。

蓦地里一丝幸福感
在我全身窜：
凉亭那儿唱歌的正是她！

① 原文为英语。滚木球是英国的一种游戏。

我又听见那歌声蜜蜜甜，
四周充满了花香又温暖。
她唱歌怕是要叫我能听见？
我踏倒树丛往过钻，
矮树两边逃，高树两边闪，
就这样狗熊又躺在她脚旁边。

她看着说：“这庞然大物真好玩！

当熊看太蔫，
当狗看太野，
这毛发蓬蓬呆笨的肉团团！”
她用脚蹭着我脊背，
我感觉像进了伊甸园。
七情六欲都直痒痒，
她却直视着漠漠然。
我舔她的鞋，咬弄着鞋底，
尽熊之所能礼貌很周全；
我款款抬头悄悄地偎在她腿上，
在这好时光
她不拒绝还摸我的耳朵，
随心地狠狠扇巴掌，

像获得新生我乐得直嘟囔。
随即她逗弄地装腔作势：
“来伸出爪子[①]！
好好学乖！敬个礼，
像个彬彬的大绅士！”
就这样耍着笑着无休止。
我这经常受骗的傻子还兴冲冲，
然而我只要一放肆，
她冷慢地照常还限制。

她倒有一瓶火辣辣好香怡，
世间的蜂蜜无从比，
一旦被我的爱与忠诚所感化，
她也会用指尖挑一滴
抹在这庞然大物的馋嘴里，
然后抛下我又逃避。
这回我松了绑，却偏生着了迷，
老是朝她追过去
寻找她，颤栗，然后又逃离——
她这样放走这幻灭的可怜虫，

① 这三行原文为法语。法语是当时显示贵族身份的语言。

我悲欢苦乐她全不理。
有时她门开门半闭
讥嘲地偷看我想不想逃离。

要结束这阴沉的魔障，
都靠在你们天神手掌上，
能使我自由我多感激，
你们却就是不帮忙——
我不是无缘无故活动肢体，
我发誓，我感到仍然有力量。

（1775）

樊修章　译

《少年维特之烦恼》第二版题词

题第一卷

少男都渴望也这样追逐，
少女想这样为人爱慕。
这是我们至洁的天性，
为什么从中有惨痛喷出？

题第二卷

你哭他爱他，亲爱的世人，
何如救起他负谤的声闻。
看他地下的阴魂在提醒：
要做奇男子莫步后尘！

（1775）

樊修章　译

渴　望

这喷出灼热心头的苦水
不可能是最后一滴眼泪。
心带着难于描状的新伤
在痛苦膨胀中寻求自慰。

愿我无论后世与今生
永远都能感触到爱情，
纵然痛苦也接连不断
来钻透我的血管、神经。

永恒的爱啊，愿有朝一日
能够切实地被你充实！
这份又长又深的痛苦啊，
它是怎样地延伸人世！

（1775）

樊修章　译

湖　上

清鲜的养分，新的活力，
我从广阔的世界嗍吸，
把我在怀中环抱的自然
是多么鲜妍，多么清丽！
柔波应着划桨的节拍
推动小船儿向前摇摆，
高矗的山峰云遮雾障，
迎候着我们一路行来。

你为何垂下，我的眼睛？
你们又来了，珍奇的乱梦？
梦纵使珍奇也请去吧
这里有生活也有真情。

柔波上闪烁晶莹，
万千摇曳的星星，

轻柔的薄雾吞饮
四远重叠的山峰；
清晨的微风吹动
笼罩湖湾的碧影，
果实正在成熟，
都在湖中倒映。

（1775）

樊修章　译

秋　兴

架上葡萄的绿叶
请更加肥美
绿到我窗口来！
浆果要喷得更稠密，
成熟得更快，
更光鲜饱满！
让太阳慈蔼的目光
孵育你们，催送你们，
晴和的天空
悄悄地嘱咐你们丰产，
让月光亲切的仙风
吹送你们凉意，
更让我眼中
永生之爱，
用丰满的泪珠

洒给你们甘露!

（1775）

樊修章　译

苦涩的快慰

圣洁之恋的泪珠，
切莫干枯，切莫干枯！
两眼若干枯下去，
人间会多么惨淡荒芜！
永远痴情的泪水哟，
切莫干枯，切莫干枯！

（1775）

樊修章　译

温柔的莉莉

温柔的莉莉，好一段时间
你是我全部欢欣和灵感。
你如今是我心酸的全部，
也是我全部的灵感依然。

（1775）

樊修章　译

为胸口挂的金鸡心而作[1]

你是旧欢的纪念，
我仍然挂在胸前，
你要使两心联系得更久，
使爱情再延续一段时间？

我虽然逃避你，但在异国，
在迢迢林谷里奔波，
莉莉，你仍然牵动我！
你的心不会匆匆
从我的心头滑落。

像鸟儿挣脱拘缚
回到林深处，
还拖着一段线头，
带着被囚的屈辱，

① 此诗是歌德在瑞士旅游期间怀念莉莉而作。

已不是生来自由的那只，
它已曾有所归属。

（1775）

樊修章　译

给 莉 莉

——写在一册《斯特拉》上

皑皑山顶，盈盈山涧，
你的身影长在我身边，
就在我周遭淡云里飘动，
就紧贴我的心间。
我从而感到心对心吸引
那欲望有多强悍，
而爱情想逃避爱情
只是徒然。

（1776）

樊修章　译

猎人夜歌[①]

我潜行旷野心闲气壮，
装好我的猎枪，
你那么鲜莹迷人的倩影
在我眼前悠荡。

你如今也许静默安闲
漫步旷野和幽涧？
我这匆匆掠过的身影
没飘过你的跟前？

浪迹在这世上的斯人
满腹忧烦、苦闷，
是迫于无奈与你分开
去游历四方远近。

① 这首诗作于1775年底至1776年初，1789年改写，此系定稿。诗中的“你”是指莉莉还是施泰因夫人尚无定论。

然而我对你只一怀想，
就像是凝眸月亮，
心头就泛起静谧的和谐，
不知道为何这样。

（1775/1776）

樊修章　译

命运，为何给我们慧眼

命运，为何给我们慧眼
使我们受苦地看着明天，
从来不敢信我们的爱情
和空幻的幸福会终于遂愿？
命运，为何让我们多情，
使我们相互看透心灵，
拨开异样的万般纷扰
看出我俩真实的处境？
千万的世人迷惘奔忙，
几乎不了解自身的意向，
痛苦难料中绝望地奔波，
漫无目的地来回飘荡；
等一时高兴又欢呼呐喊
为出乎意料出现的曙光。
双向交流的幸福却偏要
拒绝深情而不幸的两方，

不容相爱，不理解我们，
并没有看出我的期望：
我一再寻求梦想的幸福，
又在设想的危机中踉跄。

幸福啊，若由着好梦支使！
幸福啊，对限制若能无视！
遗憾是我们却处处时时
都更添梦想，更遭限制。
告诉我，命运会带来什么？
何苦将我们拴系结实？
你在那已经消亡的前世
不是我姐妹就是妻子：

你谙听我瑟瑟颤动的心弦，
了解我性格中一切特点，
凡人肉眼难将我洞察，
你对我却能一眼就读遍。
给我的愤激曾洒下温和，
校正我行迹的轻忽错乱，
我只有在你天使的怀中
重新使破碎的心灵舒展；

你轻灵的魔法把我拴牢，
我好长时间像中了魔幻。
我扑在你脚下带着感激，
那开心一刻真幸福无比，
我的心充溢在你的心中
在你的眼前才感觉快意，
沸腾的血液变得安详，
全部知觉都明光熠熠。

前生只剩下回忆在盘旋
绕着我游移不定的心坎，
真实的往事长埋五内，
眼前的状况却令我心酸。
我们像只有半个魂魄，
通明的白昼也昏昏惨惨。
令人快慰是命运的折磨
到底没能使我们改变。

（1776）

樊修章　译

不得安宁的爱[1]

雪一程，雨一程，
向前顶着风，
笼着深谷的潮气
冲雾向前行，
永远前进，前进！
不歇不消停！

我宁愿身经
痛苦的侵凌，
也强于承受
这无限欢欣。
柔情万种
出心灵，入心灵，
好生奇怪
只是铸悲情！

① 此诗抒发了对施泰因夫人的倾慕和爱恋。

我是该远行？
该逃进森林？
一切都如画饼！
给人生加冕的爱情哟，
你使人幸福
却不得安宁！

（1776）

樊修章　译

节　　制

在这个湫溢狭小的世界，
用温柔的魔带把我束紧，
我不知道，这有什么令我开心？
我要忘掉，我乐于忘掉
命运是怎样奇怪地把我这样指引：
啊，我感到，或近或远
有些事情在把我等待，
噢，但能恰如所愿。

被围困在寂静的现在
充满了可爱的生命之力，
我却只能去期盼未来。

（1776）

高中甫　译

希　望

我等着完成的日常工作，
请为我带来至高的福祚！
无论如何莫让我松弛！
这断然不是乱梦迂阔：
这些树如今细瘦颀长，
终究会成荫会开花结果。

（1776）

樊修章　译

忧　愁

忧愁，莫乱绕圈子，
绕着我再三再四！
何如赐给我幸福，
好让我自行其是！
是回避是该把稳？
我迟疑已够多时。
你不愿给我幸福，
那就该让我明智！

（1776）

樊修章　译

浪游人夜歌（一）①

你来从天上，
来消解一切忧伤；
谁双重不幸，
注以双重的清爽。
我已经倦于奔忙，
哪还管痛苦、欢畅？
你恬适的安宁哟，
请来我心坎上！

（1776）

樊修章　译

① 本诗附于致施泰因夫人的信中，信末署“1776年2月12日于厄特勒斯山斜坡上”。

海　上　行

满载的船只几天几夜
在港口停泊等待顺风，
相陪是几个忠实的朋友，
痛饮着我的信心和忍耐。

朋友们也随我变得心烦：
我们都希望你一帆风顺，
希望你去到海上航行；
四方的财货在将你等待，
等你再回到我们这里，
你将得到友爱和赞扬。

一大早爆出水手的喧哗，
欢呼惊散了我们的睡梦，
大家拥动着来来往往，
顺风刚一起就解缆开船。

叶叶的风帆在风中开展，
诱人是灼热友善的朝阳；
浮云在伴着轻帆移动，
朋友们在岸上欢欣鼓舞
唱罢祝福歌又是欢呼，
想象着乘船畅游的白昼
和那些仰望星空的夜晚。

可是天神却变更方向，
驱使我偏离预定的行程；
我看似已经对风向屈服，
但却小心地寻求对策，
歧路上仍然守定目标。

而那迷蒙暗淡的远方
告诉人正在潜来风暴，
海鸟被压得掠水低飞，
使人激越的心情沮丧。
风暴腾来执拗的疯狂，
水手机灵地把风帆卸下，
暴风在海上把怒涛掀起

戏弄这装满恐怖的圆球[1]。

而那边岸上朋友和亲人
待在陆地上担惊受怕：
为何他不在这里居留？
这样的风波！吉人竟会
归于毁灭被截断幸福？
上帝啊上帝，难道，难道！

而我气昂昂立在舵前。
狂风恶浪把船只戏弄，
却无从戏弄我的心情。
自信地看着纵深的怒浪，
不论是船沉还是抵达，
我一切全都听天由命。

（1776）

樊修章　译

① 指船。船行海上，浮动如球；因其可能沉没，故称“装满恐怖”。

座　右　铭

啊，人生在世何所求？
是安静待着为好？
是抓牢自己不松手？
还是有所作为为妙？

该为自己把小屋建造？
该住在帐篷里头？
该把岩石依靠？
最坚固的岩石都会颤抖。

为人不能适应一切！
且看每人如何奔走，
且看每人何处停留，
站着的，须防跌！

（1776）

绿原　译

在法庭上

我肚子里的孩子是谁的！
我不告诉你们。
你们骂我，呸，这是个婊子！
可我是个正派的女人。

我不告诉你们谁是我的情人，
我的心肝可爱而可亲，
不管是他脖子上挂着黄金的链条
还是头上戴着一顶草帽。

如果有人要忍受讥笑嘲讽
那就让我一个人担承
我们俩心心相印
上帝也理解我们。

神父先生，法官大人，

求你们不要把我纠缠
这是我的孩子，现在是，永远都是，
我的事与你们根本就毫不相干。

（1776）

高中甫　译

对　月

你又把幽辉洒满
林丛与山涧，
终于使我的心灵
也豁然开展。

你铺散目光和易
照我的园地，
像良朋温蔼的眼睛
看我的遭际。

那忧烦快慰的时光
在心头回响，
我落进酸甜苦辣，
寂寞地彷徨。

流吧，怡人的溪水！

我无从快慰：
相嬉相吻已消失，
真情也消退。

我一度曾经得到
那一切美好！
纵然是受尽折磨，
也难于忘掉！

溪水啊，莫要消停，
往山下琤琤，
你响吧，哼着曲调，
随我的歌声，

或是冬天的长夜
你涨势猖獗，
或是当蓓蕾鲜柔，
共春光涌泻。

有福是无怨无仇
向人间袖手，
有知交倚在身旁

并和他享受，

享受这世人不解、
世人所不屑、
能摆脱意乱心烦的
夜间的一切。

（1777）

樊修章　译

致远离的爱人

我真的失去了你?
噢，美人，你离开我而去?
每一句话，每一个声音，
还萦绕在我听惯了的耳际。
像流浪人的目光，在清晨望向天空一样枉然，
当云雀在他的上方歌唱，
她在蓝色的云天里躲藏。

我的目光畏怯地四下逡巡，
穿越田野、树丛和森林，
我的所有的歌儿把你召唤：
噢，你回到我的身边，我的恋人。

（1777）

高中甫　译

内心的怯懦

惊恐畏缩，
女人一样朝后躲，
小心翼翼发牢骚——
这内心的怯懦
挣不到自由，
避不开祸。

对任何暴力
都敢迎击，
从不折腰俯首，
有一股凛然之气，
会唤得天神
也相援一臂。

（1777）

樊修章　译

铭　记

懦弱的思虑，
担心的犹豫，
羞怯的畏缩，
胆小的哀诉，
转变不了苦难，
不能给你自由。
拒一切暴力
以保持自己，
永远不屈降，
显示出力量，
这就呼唤过来
群神的帮助。

（1777）

冯至　译

冬日游哈尔茨山

像苍鹰，
在早晨浓厚的云端
展平柔软的翅膀
寻索捕获物，
翱翔吧我的歌！

因为一个神
给每个人注定了
他的道路。
幸福的人
迅速地奔向
快乐的目的；
但是谁的心
若被不幸消损，
谁就挣脱不开
铁丝编制的栅栏，

直到无情的剪刀
最后把铁丝剪断。

粗暴的野兽
挤入阴森的丛莽，
富人们久已
跟芦雀一起
沉入他们的渊薮。

幸福女神驾驶的车
容易跟随，
像从容不迫的随从
在修整的路上
尾随着公侯的队伍。

但是谁在偏僻处？
他的狭路消失在丛林里。
灌木在他身后
紧接着又合在一起。
荒凉把他吞没。

啊，谁医治这人的痛苦！

他把香膏当成毒药，
从丰富的爱里
吸饮人的憎恨。
先被蔑视，如今是个蔑视者，
在不满足的个人欲望中
他暗自耗尽
自己的价值。

爱的主宰，从你的诗篇
若有一个声音
听入他的耳里，
你就舒畅他的心胸！
打开云雾迷蒙的目光
看见千股清泉
涌在沙漠中
焦渴者的身边！
你带来许多快乐，
对每个人都超过限度，
你赐福给狩猎的弟兄
踏着野兽的踪迹
以乐于屠杀的
年轻人的高昂气概，

他们是迟来的除害者，
农民多年来用棍棒
抵制不住这些灾害。

但是你把这个独行人
裹入你的彩云里！
爱啊，你用冬青
围绕你的诗人的
湿润的头发，
直到玫瑰又成长开花！

你用朦胧的火炬
照耀着他
在夜里涉过浅水，
在荒凉的地带
走过泥泞的道路。
你用千红万紫的晨曦
愉悦他的心。
你用凛冽的狂风
把他吹向高处。
冬日的河流从岩石
倾注他的赞美歌，

那可怕的山峰上
白雪皑皑的峰顶
成为最亲切感谢的祭坛，
过去百姓们曾想象，
巫婆和妖魔在那里环舞。

你以尚未探索过的胸怀
秘密而公开地
矗立在惊奇的世界之上，
你从云端眺望
在你身旁
从你弟兄们的血脉里
灌溉世上的丰饶和壮丽。

（1777）

冯至　译

渔　　夫

波在响，水在翻，
渔夫坐在水旁边，
眼看钓竿心入静，
凉凉水汽透心尖。
渔夫坐着正凝神，
水面波涛往起分，
流水呼啦一声响，
钻出一个湿美人。

向他歌唱又致言：
“为何把我儿孙骗，
利用人心谋算巧，
骗出水面受熬煎？
我真愿你能推想
鱼游水底多舒畅；
你能投到水中来，

也将变得身健壮。

“可知月亮与太阳
钻向海里求清爽？
饱吸海水照回来，
脸庞不是更鲜亮？
映水蓝天蓝润润，
不曾使你被吸引？
脸庞朝向水中来，
你能照着不兴奋？”

水在翻，波在响，
舔到渔夫赤脚上，
如像情人来问好，
使他心里生热望。
美人歌唱又致言，
也是渔夫该命断：
半被拖拉半有心，
栽进水中再不见。

（1778）

樊修章　译

水上精灵之歌

人的灵魂
像是水；
它来自天空，
它升向天空，
它必须又
降到地上，
它永远循环。

若是莹洁的水光
从又高又陡的
岩壁流下，
它就妩媚地
如云浪纷飞
流向平坦的岩石，
轻松地被接受，
隐隐约约地

潺潺地
涌入深处。

若是巉岩峭立
阻挡它的倾注，
它就愤激四溅
一层一层地
奔入深渊。

在浅水的河床，
它潜入草谷，
在平静的湖中
万点星辰
欣赏它们的倒影。

风是水波的
可爱的情人，
风从水底掀起
水沫飞腾的涛浪。

人的灵魂，
你多么像是水！

人的命运，
你多么像是风！

（1779）

冯至　译

致夏洛蒂·冯·施泰因

我已收到你的致意。
爱情现在有千百样的形体，
给鲜花以颜色和芬芳，
每个清晨它都在空气中漫溢，
它日夜都在草原和树丛中玩耍，
它要经常向我展现它的娇丽；
每天它带给我新的信息，
蜜蜂嗡嗡声进入我们的耳际。
我经常喊：停下来，春天，还来不及吻你，
天使，你像一个蹒跚的梦飞逝而去；
我要永远对你敬重、对你珍惜，
你如上天一样令我们心旷神怡。

（1779）

高中甫　译

渴　望

哎，你，美丽的姑娘，
头披一片乌发，
走到窗旁，
站在那儿为何?
噢，站在那儿为我。
那就把门拉开，
我在这儿多么幸福!
我倏地就跳了上来。

（1779）

高中甫　译

漫游者的夜歌

一切峰顶的上空
静寂，
一切的树梢中
你几乎觉察不到
一些声气；
鸟儿们静默在林里。
且等候，你也快要
去休息。

（1780）

冯至　译

我的女神[①]

哪一位不朽者
该受到最高的赞誉？
我不同任何人争辩，
但我要把它献给
永远活泼
永远新颖的、
朱庇特最珍奇的女儿，
他的宝贝儿，
幻想女神。

因为他把
平日只为他
自己保留的
种种怪念头
全让给了她，

① 1780年2月寄赠施泰因夫人之诗。

并从这个傻妞身上
获得快慰。

她或者头戴玫瑰花冠，
手持百合花茎
走进花谷中来，
吩咐蝴蝶
用蜜蜂的嘴唇
从花间吮吸
易于滋养的甘露；

她或者
披头散发
目光阴郁，
围着岩壁
迎风呼啸，
色彩斑驳
有如晨昏，
反复变幻。
不啻月色，
向凡人显灵。

让我们大家
赞美天父!
这位崇高的老人,
他想把这样一位美貌、
永不衰朽的女儿
送给凡人
结为夫妇!

因为他以
神圣的纽带把
她只同我们相结合,
并叮嘱她
无论是祸是福
要作为忠实妻子
永不离异。

在这多子多孙的
热热闹闹的大地上
其他一切
可怜的族类
正游荡、觅食
于眼前

狭隘生涯之
阴暗的欢乐
与抑郁的痛苦中，
几为生活必需品的
重轭所压倒。

而他却将
他的最伶俐的
娇惯的女儿
许配我们，好高兴！
请把她作为情人
温存地对待！
让她享有
主妇的尊严！

切莫让年迈的
婆母智慧
伤了
那柔嫩的心！
我还认识她的姐姐，
年长一点，稳重一些，
我的沉静的女友：

哦唯愿她
随同生命之光一起
最后离开我，
高贵的推动者，
抚慰者希望女神啊！

（1780）

绿原　译

夜　思

我可怜你们，不幸的星辰，
你们美丽，光辉灿烂，
乐于照耀受难的船夫，
却得不到神和人的报偿：
因为你们不爱，也不懂得爱！
永恒的时刻不停顿地引导
你们的行列游行广袤的天野。
你们已完成何等辽远的行程！
自从我逗留在情人怀抱里
把你们和午夜全都忘却以来。

（1781）

绿原　译

酒　　杯

我用双手紧紧捧住
满满一只精雕的酒杯，
从边缘贪婪地啜着甜酒，
想一口饮干烦闷和忧愁。

阿摩走进来，见我坐着，
他便微微一笑，
仿佛怜悯一个糊涂虫：

“朋友，你可知一种更美的杯盏，
值得把全副情感注进去？
如果我把它给你拿来，为你
注满另一种琼浆，你如何谢我？”

哦他真够朋友，说话算话，
因为他以温柔的同情把你，

丽达[1]，赠给了久久渴慕的我。

当我拥抱你的娇躯
从你唯一忠实的芳唇
品尝久藏的爱情甘露时，
我便醉醺醺对我的心灵说：

“不，这种酒具，除了阿摩，
任何神也不能制造和收藏！
就是武尔坎[2]用灵巧、精细的
锤子也锻不出这样的形式！
在枝叶茂密的山头吕埃俄斯[3]
命他最老最聪明的孚恩[4]
挑选最好的葡萄加以压榨，
甚至亲自监督神秘的发酵：
他再怎样细心也造不出如此佳酿！”

（1781）

绿原　译

① 丽达，是作者对施泰因夫人的爱称。
② 武尔坎，罗马神话中的火神。
③ 吕埃俄斯，希腊酒神。
④ 孚恩，罗马神话中的林神。

致 丽 达[①]

丽达，你爱的唯一的人，
你要求完全属于你，这有道理。
他也完全是你的。
自从我离开你，
我觉得匆匆的生活，
忙忙碌碌，骚动嘈杂，
只像是一层薄薄的面纱，
透过它我总是看到你的身姿，如在云中：
它朝我闪耀，友善忠诚，
藉助北极光活跃的光辉，
它宛如闪烁的永恒之星。

（1781）

樊修章　译

① 丽达指夏洛蒂·冯·施泰因夫人。

人性的界限

当原始的
圣父
以稳重的手
从隆隆作响的云层
向大地播撒
祝福的闪电时，
我胸中虔敬地
怀着幼稚的恐惧
亲吻着他的
袍服的下摆。

因为与神匹敌
非任何凡人
之所能。
即使他向上飞升
让头顶

接近星斗，
也无处托住
那摇晃不稳的脚跟，
云和风还会
把他戏弄。

即使他以坚实的
多髓的骨骼站在
稳固的
持久的大地上，
他也难以
哪怕同橡树
或者葡萄树
较量短长。

是什么把神
同人区别开来？
神好比是
一条永恒的河流，
他面前流过许多波：
波浮起我们，
波吞没我们，

我们于是下沉了。

一个小小的圆圈
圈住了我们一生，
世世代代的人
持久地排在
他们的生存之
无尽的链条上。

（1781）

绿原　译

魔　王

是谁深夜在风里奔驰?
是父亲带着他的孩子。
他把小孩舒服地抱着,
把小孩抱得温暖紧实。

“孩子,干吗捂着脸惊怕?”
“你没看见那魔王,爸呀?
他拖着长袍,戴着王冠。”
“孩子,那只是一团雾嘛。”

“心疼的孩子,跟我过来!
我跟你游戏玩个痛快:
岸边开有五彩的鲜花,
我妈妈还有黄金的衣带。”

“爸呀,爸呀,你没有听着?

魔王许愿在轻轻说道。”
“我的孩子，你放心好了，
那是风吹败叶声萧萧。”

“乖乖，可想来到我身边?
我的女儿会待你亲善，
她们在夜里跳着轮舞，
唱歌跳舞摇着你安眠。”

“爸呀，爸呀，你看不出
魔王的女儿在那边暗处？”
“孩子，孩子，我看得清楚，
是一丛老杨树影像模糊。”

“你水灵样儿真把我迷住，
你不愿跟来我只能动武。”
“爸呀，爸呀，他正在抓呢，
他把我抓得浑身麻木！”

惊恐的父亲驱马疾驰，
怀中抱着呻吟的孩子，
他累死累活跑进家门，

怀中的孩子已经吓死。

（1782）

樊修章　译

题　幽　径

慈怜的仙女与木石相处，
对默默祈求的请欣然垂顾！
给悲者劝慰，给疑者指迷，
也保佑痴情人得到幸福！
天神吝于人对你们却慷慨，
信奉你们的请相怜相助！

（1782）

樊修章　译

神　　性

愿人高尚、
善良而乐于助人！
因为使人类
高出其所知道的
一切有生，
仅此而已。

我们料定有
却不曾谋面的
至上的神祇万岁！
愿人仿效神，
愿完人教导我们
对神信仰。

因为大自然
不动感情：

太阳照射，
不分善恶，
月亮与星星
对善人和恶棍
一律生辉。

长风、大河、
冰雹、雷霆
隆隆地开路，
掠过匆匆，
会不分良莠
攫走一切。

就是福星
在人中瞎碰，
也会时而迎住
纯洁的鬈发少年，
或时而迎住
秃头的造孽人。

按照永存的
伟大的铁律，

我们大家
都将不得不结束
生命的循环。

但只有人类
能创造奇迹：
人能够区分、
选择和校正；
人能使一瞬
化作永恒。

人才能做到
对善类褒扬，
将坏人惩处、
治疗和挽救，
能挽起游手好闲的
使变得有用。

我们敬奉
永在的神，
神仿佛就是人，
使善人想做

或已做的小善
化为大善。

愿高尚的人类
友好而乐于助人！
愿人不倦地创造
有益的、合理的，
愿料定会有的神
做我们的表率！

（1783）

樊修章　译

歌　手[①]

“我听见宫门外边桥上
什么声音在那儿鸣响?
让那洋洋盈耳的歌声
来这王宫大厅里回荡！”
国王一说话内侍飞奔，
内侍赶过来，国王命令：
“给我去传唤那个老人！”

“众位王公和美貌的夫人，
我谨向大家表示钦敬!
简直是满天济济群星，
谁知道怎样称呼名姓!
满厅这一派富丽堂皇，
我该赶紧把眼睛闭上，
眼前不是惊叹的时光。”

① 本诗作于1783年，原是长篇小说《维廉·麦斯特的戏剧使命》中的插曲。

歌手于是把眼睛闭上，
他歌喉一展浑厚昂扬；
美人们听得低眉俯首，
骑士们听得慷慨激昂。
国王听罢了大快心颜，
为了赞扬歌手的表演
吩咐取出来一条金链。

“金链请不要给我赏赐，
请将这金链赏给骑士，
遇上这些骑士的英勇
敌人的矛子就断作枯枝。
金链请给陛下的首相，
让他将金链沉沉的分量
和万机重任一起承当。

“我唱歌就像鸟儿歌唱，
像鸟儿宿在枝头树上；
这歌声涌出我的喉咙，
本身就是丰盈的报赏。
我只冒昧有一个请求：
那只杯子用黄金铸就，

请吩咐给我一杯醇酒。”

他端起酒来一口喝光：
“这酒可真是香甜清爽！
王家虽把酒看得菲薄，
我祝愿王家幸福无量！
诸位安康，莫把我忘了，
请一片热诚感谢上苍，
如同我感谢你们的佳酿！”

（1783）

樊修章　译

致夏洛蒂·冯·施泰因

若不是万能的星辰
把我的命运与你的命运相连，
逼使我在你的身上认识到我的自身，
我一定会走得很远很远，
远到绝域天边。

我的创作、追求、渴望和期盼
一切都追随你，追随你的本性，
我的生命只把你的生命依恋。

（1784）

高中甫　译

永　远

局促的世人以神的名义
指出的一切幸福无比：
和谐而绝不摇摆的忠诚，
不知什么是猜嫌的友谊，
刺激智者去沉思默想
诗人去沉入美梦的明光——
这一切我都为自己寻得，
在幸福时日从她的心上。

（1784）

樊修章　译

年轻赤裸的女神走下天堂

年轻赤裸的女神走下天堂，
聪明的教士把目光轻俯地上，
赶忙拿起香炉恭谨又谦卑
用烟纱罩住让我们耐心瞻仰。

（1786）

樊修章　译

甜蜜的忧愁

离开我吧，忧愁！——可是，唉，忧愁不会
放松我们凡人，在生命抛弃他之前。
既然无从避免，就让你爱情的忧愁来吧，
赶走那些兄弟姐妹，就由你来主宰我的心。

（1788）

绿原　译

风景画家阿摩

清晨我坐在悬崖顶上，
眼呆呆看着晓雾茫茫
如同底色灰白的幕布
张开来掩住上下四方。

一个小男孩走过来说道：
“朋友，怎么会呆头呆脑
看着空画布无动于衷？
莫非你对绘画和造形
从此就彻底再不喜好？”

看着小男孩我暗自寻思：
他竟想充当绘画大师！
男孩说道：“老待在这里
没精打采，不会有出息，
瞧着，我这就教你作画，

教你勾画出一片瑰奇。”

说着他就将食指伸开，
指头红似玫瑰的色彩，
朝着张向无垠的画布
开始用指头作起画来。

上头画一个太阳鲜艳，
光华强烈耀我的双眼，
在云层边上涂上金黄，
让光芒透过云层闪现；
再画上树梢生意欣欣、
轻盈柔软，再画上山峦，
山连山开阔地衬托背面；
下头也没有忘掉流水，
画一道河流妙合自然，
像在阳光里生辉熠熠，
岸边像听到流水潺潺。

看呀，河边上长满鲜花，
草坪上到处颜色纷杂，
就像是宝石有红有绿，

像金子珐琅涨翠生霞！
他涂得天空净洁鲜亮，
青山隐隐地隐向天涯。
使我迷得像重生再世，
看看画图又看看画家。

他说："我给你露了一手，
对这门技艺很有研究，
更为难画的还在后头。"

说完他用尖尖的手指
无比精心地挨着林子，
紧靠尽头——那里有太阳
从生辉的地面光芒正炽——
画一个万分可爱的姑娘：
仪态端方，靓妆艳饰，
额头笼着棕色的柔丝，
光鲜的脸蛋玫瑰吐艳，
就像作画人那根手指。

我喊道："孩子，哪位名家
曾把你收在他的名下？

竟画得如此轻快自然，
从头到尾都高明得法！”

正说着只见微风摇漾，
吹得画上的山峰俯仰，
吹皱一河袅袅的轻波，
使绝代佳人的纱巾鼓荡；
我这受惊者更是惊奇，
那姑娘开始举足来往，
走向我和这淘气的画师，
走向我们同坐的地方。

终于这一切都在飘舞，
纱巾、花草、河流、树木
和绝代佳人柔软的素足。
我在悬崖上静默僵直
愣成了石头，你们信不？

（1787/1788）

樊修章　译

晨　怨

哎，你这轻佻、可恨又可爱的姑娘，
告诉我，我做错了什么，
你用这种刑罚折磨我，
你不忠于你做出的承诺?

昨天晚上你那么亲切把我的双手紧握，
充满柔情，轻声地说：
“好的，我来，我清晨来，铁定不变
我的朋友，到你的房间。”

我虚掩房门，把门的转轴检查仔细，
它不发出声音，这令我欢喜。

等待之夜是怎么地熬过!
我醒着数每分每刻;
每当我稍眠瞬间，

我的心也经常保持清醒，
把我从瞌睡中召唤。

是啊，我感恩黑暗；
安谧把一切遮掩，
我喜欢这一片宁静，
永远在宁静中谏听，是不是有声音响动。

“但愿她是在想我之所想，
但愿她是在感受我之感受，
或许她不是等待清晨，
或许她就在此刻来临。”

阁楼上一只小猫蹦蹦跳跳，
角落里的老鼠吱吱在叫。
房间里什么在动，我不知道
我总是希望是你的脚步声，
我总是相信是你在走动。

我就这样长时间，长时间卧躺，
天色已经开始发亮，
这儿和那儿发出走动的声响。

“是他们的门在动？但愿是我的！”
我从我的床上撑起，
朝半明半暗的房门望去，
看它是否开过。
两扇门纹丝不动，在门轴上安安静静。

天已经大亮，越来越亮，
我听到邻居的房门在响。
他要奔波谋生，
不久我听到他的小车辚辚在动。
城市大门随之敞开，
旧货杂物到处摊放，
活跃的市集熙来攘往。

在家中人来人往，
上上下下吵吵嚷嚷。
门在响动，脚步匆忙；
如同我不放弃我的希望一样
我仍对美好的生活怀着向往。

终于，可恨的太阳，
照到了我的窗，爬上了我的墙，

我跳了起来，向花园奔去。
我热烈而充满相思的呼吸，
与清晨的冰凉空气混在一起，
或许在花园中与你相遇，
在凉亭里，高高的菩提树甬道上
都找不到你。

（1788）

高中甫　译

爱的需求[1]

谁听我说？啊，我该向谁抱怨？
谁要是听到，谁会把我可怜？
啊，嘴唇，曾享受过欢乐，
曾吻过别人，也被别人吻过，
于今已经破裂，感到备受折磨。
它并没有丁点儿受伤，
情人抱我过于用强，
柔情地咬紧，是使男友确信，
她要更强烈地把他品享：
不，这柔软的嘴唇已经爆裂，
狂风挟带着酷寒严霜，
尖厉无情地把我击伤。

调合蜂蜜和高贵的葡萄酒汁，

① 歌德在1776年接触了尼德兰诗人J. N. 埃维莱尔特（1511–1536）的作品，他的爱情诗《接吻》在欧洲负有盛名。歌德此诗即受其影响而作。1789年修改后收入集中。

在我的灶上用火烹制，
我能缓解苦楚。
啊，若是爱人不加上她的甘露一滴，
这药水又有何益？

（1789）

高中甫　译

罗马哀歌[1]

从前我们过得多么美！
而今得从哀歌来回味。

（一）

请对我说，石头，请开口啊，你巍峨的宫殿！
街道，讲句话吧！镇守的神灵，你怎么动也不动？

是的，永恒的罗马，在你神圣的城墙内，

① 《罗马哀歌》这一组诗写于作者1788年夏天从意大利回到魏玛之后，最初作为整体于1795年7月发表在席勒主编的期刊《季节女神》上。至今仍然可以从中鲜明地感觉到，作者当时幸福地享受着身心两方面长久被剥夺自由后的快意，记忆中充满对古代艺术与南国自然风光的眷恋之情；同时热烈地颤动着自1788年与克里斯蒂安·乌尔庇尤斯相结合以来开始醒觉的放纵不羁的爱欲，魏玛别墅的幽会经验诗意地融合在色彩绚丽的罗马生活场景中，古代神祇被召唤来为问心无愧的异教徒的感官愉悦伴唱。本诗1795年问世后，其中对于性爱新观点的坦率而精确的表达，曾经引起了非议。“哀歌”作为诗体起源于古代希腊、罗马，在德语文学中有两种意义：一种指按“哀歌”体写成的诗，即以一个六步句继之以五步句构成的对句；另一种指表达忧郁、悲伤或眷恋等主观情绪的诗。这两种意义均见于德国文学古典时期的“哀歌”作品中，除歌德外，席勒和荷尔德林也写过这种诗体。

万物生机盎然；唯独对我却鸦雀无声。
哦，谁来悄悄告诉我，从哪个窗口我将看见
那个使我又焦灼又快慰的妙人儿？
我还不知道那条路吗，我一而再耗费宝贵时光
沿着它向她走去又从她那走开？
我还参观教堂和宫殿，废墟和栋梁，
像一个悠闲的人从容地利用旅游。
可一切即将过去；然后只有一座庙宇，
阿摩[①]的庙宇，来接待为他献身者。
哦，罗马，你诚然是一个世界；可要是没有爱，
世界不成其为世界，罗马也不成其为罗马。

（编外一）

我不止是预感到，我会有幸由
阿摩巧妙地引着走过所有宫殿。
他早已驾轻就熟，连我也相当清楚
壁毯后面一座金屋里藏着什么。
随便叫他什么吧，小老弟，调皮捣蛋，我太熟悉
你了，聪明的阿摩，用什么也收买不了的神！
堂皇的门楣，它们诱惑不了我们，
殷勤的阳台也不会，庄重的内庭也不会。

① 小爱神阿摩是本诗的主人公。

匆匆走了过去，低矮而纤巧的小门
同时接纳了导游者，接纳了渴望者。
他在那儿为我供应一切，帮衬一切，保存一切，
每天给我身上撒满新鲜的玫瑰花。
我在这里可不是上了天堂？——你拿出什么，美丽的
　波尔格泽？
尼波廷娜[①]，你又拿出什么给你的情郎？
宴饮，聚会，游览，博弈，歌剧，舞会等等
经常剥夺了阿摩最便当的时间。
我一向厌恶装腔作势，梳妆打扮，难道最后
一件锦缎外衣还不像羊毛衣那样脱掉？
难道她不愿把情郎舒适地搂在怀里，
难道他不希望她把一切装饰扔开？
在他抚摩爱侣之前，可不得把那些珠宝、
花边、衬垫、鲸骨统统拆卸下来？
我们终于得手了！你的羊毛小衣，
由情郎脱了下来，皱巴巴落在地上。
他像保姆一样把披着薄麻纱
的小人儿，嘻嘻哈哈抱上了床。
不要丝绸垂饰，不要绣花床褥，

① 波尔格泽和尼波廷娜，不详，疑系两个平民女子的名字。

两个人舒舒服服，在宽大房间里自由自在。
然后，让朱庇特从他的朱诺索取更多吧，尽情
享受吧，如果他能够像任何凡人一样。
地道的赤裸的阿摩的欢悦，
加上摇晃床榻迷人的嘎吱声，令我们乐不可支。

（二）

你们想恭维谁就请便吧！我总算藏起来了！
美丽的夫人们，还有你们上流社会的绅士们，
去问候伯伯叔叔，表兄表弟，年迈的姑舅妈，
伯母婶婶吧，
再让拘谨的寒暄继之以可悲的牌局。
还有别的人也给我三五成群走开吧，
你们几乎经常令我大失所望。
各种无聊的政治见解翻来覆去，
在整个欧洲狂热地缠住这个流浪人。
恰像“马布鲁”小曲[①]当年缠住旅行的英国人，
当他从巴黎到里窝那，又从里窝那到罗马，
然后再去那不勒斯；如果他扬帆前往士麦那[②]，

① 一支讽刺17世纪英国名将马布鲁公爵的小曲，曾流行于全欧。
② 里窝那，意大利地名。士麦那，土耳其地名，伊兹密尔的古称。

马布鲁！马布鲁！他在哪个港口也会听到这首曲儿。
于是我至今每一步都不得不
听见人们谩骂民众①，谩骂王室顾问了。
现在你们不会很快发现我，我正躲在
王室守护神阿摩亲王赐给我的避难所里。
他在这里用他的羽翼庇护我；情人
有罗马人的胆识，不怕狂暴的高卢人；

她从不探听什么风声，她细心揣摩
她所委身的男人的心愿。
她对他百看不厌，这无拘无束的外国硬汉子，
他给她讲高山，白雪和木头房屋；
她分享她在他心中燃起的火焰，
高兴他不像罗马人那样顾惜金钱。
她的餐桌越来越丰富；她不缺衣少穿，
也不缺少车辆送她上歌剧院。
母女都喜欢她们的北方嘉宾，
野蛮人主宰了罗马女郎的心身。

① “民众”指法国大革命。

（三）

你那么快委身于我，可别后悔，亲爱的！
请相信，我不会认为你无耻，卑贱。
阿摩的箭矢有多种功能：有些刺伤人，
并以慢性毒药使心灵长年受苦。
但另一些羽饰强劲，刚磨得锋利无比，
会深入骨髓，立即使血液沸腾。
在男女诸神相互爱悦的英雄时代，
往往一见钟情，有情就有欢乐。
你难道认为，爱神在伊达林苑爱上
她的安喀塞斯①，她可曾踟蹰不前？
如果月神迟疑着不去吻俊美的睡客，

（五）

我在古典的国土感到兴高采烈；
古今世界的高谈阔论令我迷醉。
我在此听从劝告，以勤快的手翻阅
古人的著作，每天都有新的乐趣。

① 据希腊神话，爱神阿佛洛狄忒在伊达山上遇见特洛亚王储、达耳达尼亚人的统治者安喀塞斯，二人相恋，生下英雄埃涅阿斯。

但是整夜整夜阿摩却使我驰心旁骛；
虽只学得一知半解，我却加倍地喜出望外。
当我窥见酥胸的轮廓，伸手触摸
丰臀时，我不也学到什么吗？
我这才懂得大理石雕像；我又思考又比较，
用能摸的眼睛去看，用能看的手去摸。
情人剥夺了我白天的几小时，
晚间她便还我几小时作为赔偿。
要不老是亲吻，就会倾心对谈；
如果她睡意蒙眬，我便躺着遐思悠悠。
我常常在她的怀抱里吟诗作赋，
用手指在她的脊背上轻数着
六音步韵律。她在甜睡中呼吸着，
她的气息灼热到我内心的深处。
阿摩这时拨亮了灯，想起从前
他曾为罗马三诗人①同样地效力。

① 指古罗马三位以爱情诗著称的抒情诗人，即卡图鲁斯（公元前87—公元前54），提布鲁斯（公元前50—公元前19），普洛培尔提乌斯（公元前47—公元前15）。

（六）

“哦薄情的人，你竟说这样的话来伤我的心？
你们那里钟情的男人说话难道也这样尖刻？
如果众人告发我，我也不得不忍受！难道我就
没有罪？可是天哪！我是同你一起犯的罪！
这件衣服可以为嫉妒的邻妇做证：
寡妇已不再孤零零为亡夫痛哭了。
你可不常常是轻率地趁着月色而来，
灰不溜秋，披着黑外套，把头发挽在脑后？
你这不是选择了教士的面具寻开心吗？
要说有个什么主教，那么主教就是你。
在教都罗马，这点似乎不可信，可我发誓：
从没有一个教士尝到过我的拥抱。
可惜我又穷！又年轻，拐子们那儿出了名；
法尔科尼埃里常常对我目瞪口呆，
老鸨阿尔巴尼则用大把钞票引诱
我，时而去俄斯提亚，时而去四泉[①]
可是女儿家都不会来。所以我从心底

① 法尔科尼埃里和阿尔巴尼，原系罗马望族名，此处泛指。俄斯提亚，意大利一滨海城市；“四泉”，罗马七山之一奎里纳尔山的四座喷泉。

总是憎恨红袜子，还有紫袜子[1]
因为‘终归是你们女孩儿上当’，
父亲这样说过，尽管母亲认为无所谓。
于是我就这样终于上当了！你生我的气，
只是装装样子，因为你想开溜。
去吧！你们不配女人钟爱！我们
怀上了孩子，我们也怀着忠诚；
但是你们男人，却在拥抱中把爱情
连同你们的精力和情欲一同抖落干净！”
情人这样说着，从椅子上抱起小孩，
搂在怀里由衷地亲吻，眼泪夺眶而出。
我坐在那儿多难为情，这可爱的人儿
竟用仇人的话语来玷污我！
如果水突然泼向火，把它包住，
火会暂时暗暗燃烧着，雾气腾腾；
可它很快净化自己，把污浊的雾气排掉，
更新鲜、更猛烈地升起明亮的火焰。

① 红衣主教穿红袜，主教等高级教士穿紫袜，故称。

（七）

哦我在罗马觉得多快活！我想起那时
在北国后方灰暗的白昼环绕着我，
天空阴郁而沉重，垂落在我的头顶，
世界无色无形地躺在倦游者四周，
而我宁静地沉湎于观察自我，探索
失意心灵的冥晦的途径。
而今明亮苍穹的光华环照我的头额；
大神福玻斯唤出了形态和色彩。
黑夜有星光灿烂，响起了柔和的歌曲，
月亮照得比北国的白昼更亮。
我这凡夫俗子何等幸福！我在做梦？你的
仙宫可也招待宾客，朱庇特天父？
啊呀！我躺在这里，向你的膝部伸手
祈求。听我说吧，朱庇特·克塞尼俄斯[1]！
我也说不清，我是怎么进来的：是赫柏[2]
收留流浪人，把我也引进了殿堂。
你可曾吩咐她带引一位英雄上来？

① 朱庇特·克塞尼俄斯，意为“好客的朱庇特”，即“外国人的保护者”。

② 赫柏，希腊神话中的青春女神，奥林匹斯山上的迎宾者。她被认为是赫剌克勒斯升天后的妻子。

难道美人失察了？请原谅！竟让我因错得福！
还请原谅你的女儿福耳图娜[①]！恰好
她高兴，分给我这份最辉煌的赏赐。
你可是好客的大神？哦就别把我
这个宾客从你的奥林匹斯撵回人间！
“诗人！你向哪儿攀登？”——原谅我；这高高的
卡皮托利诺山[②]是你的第二座奥林匹斯。
留下我吧，朱庇特，过些时赫耳墨斯会引我
经过开斯提的墓碑[③]，悄悄下降到九泉。

（十二）

小亲亲，可听见弗拉米尼大道[④]上传来欢呼声？
那是收割人；他们又走上了归程，
远远离去。他们完成了罗马人的秋收，
罗马人不屑于自己为刻瑞斯[⑤]编结穗冠。
伟大女神赐予金色小麦作口粮，让人不再

---

① 福耳图娜，幸运女神。

② 卡皮托利诺山，罗马七山之一，上有朱庇特的神庙。

③ 赫耳墨斯，作为神使，负有护送亡灵赴冥府的任务。开斯提，公元前一世纪的罗马护民官，其棱锥形墓碑位于罗马圣保罗门附近，济慈、雪莱等英国著名诗人均葬于此。

④ 弗拉米尼大道，罗马通向郊野的一条街。

⑤ 刻瑞斯即丰产与农业女神得墨忒耳。

吃橡实，如今却无人为她举行庆典。
让我俩悄悄欣然为她祭祀一番吧！
两个情人也算是一群聚会的民众。
你也许听说过那个神秘的佳节，
它从前由征服者从厄琉西斯[1]传来？
它为希腊人所创，希腊人甚至在罗马城内
也一直叫唤："来欢度这神圣之夜！"
俗家人远避了；静候的新入门者哆嗦着，
他披着一件白袍，那是纯洁的象征。
然后这个入门者怪异地在罕见形体的圈子里
徘徊；他仿佛浮动在梦境里：因为这儿
有蛇群四下盘绕在地面，密封的小盒
围满了麦穗，由少女们捧着从这儿走过，
祭司们举止暧昧，念念有词；
门徒焦急不安地期待着点化。
正是经过种种考验，他才得以知晓
那神圣一群以离奇形象所隐藏的一切。
那秘密是什么啊，无非是伟大的得墨忒耳
曾经心甘情愿地迁就过一位英雄，
无非是她曾经向伊阿西翁，克里特岛雄壮的王，

① 厄琉西斯，希腊古城，位于雅典东北部十九公里处，有得墨忒耳神殿，每年秋收后人们为女神举行神秘庆典。

献出她不朽身躯的美妙私处[①]。
那时克里特岛多么幸福！女神的婚床
铺满了麦穗，大片秧苗盖住了田亩。
可是其余世界憔悴不堪；因为刻瑞斯
一味赏玩情爱而疏忽了高尚的任务。
入门者不胜惊讶地听完这段故事，
向情人眏眏眼——亲爱的，你可会意？
那簇浓密的桃金娘遮出一小片圣地，
我们称心如意不会给世人带来任何危险。

（十三）

阿摩始终是个滑头鬼，谁信任他，准会受骗！
他装模作样向我走来："这次你尽可相信我。
我坦白对你说：我看出，你为了对我表示崇敬，
向我呈献你的生命和诗歌，实在不胜感荷。
可不是吗，我现在跟你来到罗马；我很高兴
在这异邦为你稍尽绵薄。

① 伊阿西翁，古代克里特岛上的农神，与得墨忒耳相恋，生下财神普路托斯。宙斯为此大怒，以雷电将伊击毙；得悲痛万分，不再赐予大地收成，直到众神准许伊暂时还阳，与得重聚。得墨忒耳的悲痛和伊阿西翁的还阳，象征着季节的更替。

每个旅客总抱怨招待不周；
谁受到阿摩垂青，他总会心满意足。
你惊讶地参观古代建筑的断瓦残垣，
你赏心悦目地游遍这神圣的场地。
你更景仰卓越艺术家们雕塑的
珍贵遗迹，我经常造访他们的工作室。
这些雕像，须知是我塑造！请原谅，我这次
并非夸口；你得承认，我给你说的句句是真。
你现在侍候我有点懒散，那些美丽形体，
你的创作中的色与光，哪儿去了呢？
哦朋友，你可想重新创作？希腊人的学府
依然开放着，岁月并未将门户关闭。
我作为教师永远年轻，也爱青年人。
我不喜欢你少年老成！打起精神来！放明白些！
那些幸运儿活着，古代将历久弥新！
活得幸福些吧，前人就在你身上长存！
诗歌的素材，你从何处得来？必须由我给你，
而高尚的风格，只有爱情把你来教。”
诡辩家如此说着。谁会反驳他？可惜
我惯于追随，只要主人一发命令——
现在，他似守约而背信，为诗歌提供了素材，
唉，却同时剥夺了我的时间，精力和意识；

一对情侣在交换飞眼，握手，亲吻，
动情的话语，逗人的音节。
这时耳语变成了饶舌，口吃变成了情话：
这种不讲韵律的赞歌再也听不见了。
奥洛拉，从前我总把你认作缪斯的女友！
轻佻的阿摩可曾引诱过你啊，奥洛拉[①]
如今你作为他的女友向我现身，从他的
祭台边唤醒我，来迎接喜庆的白昼。
我发现胸口披拂着她丰盈的秀发！
小脑袋正搁在搂着脖子的手臂上。
安谧的时辰，摇我们入睡的一段春情的遗迹，
你们获得了多么欢悦的醒觉啊！
她蒙蒙眬眬地翻身，沉睡在大床的幅面上，
脸转开了，但仍和我手握着手。
衷心情爱和忠诚渴望永远联系着
我们，只有情欲才会朝三暮四。
握一下手，我看见美妙的眼睛
重新睁开。——哦不！让我面对原来的体态！
闭着吧！你们使我迷惘而沉醉，你们过早
从我剥夺了纯粹观照的宁静乐趣。

① 奥洛拉，即晨光女神厄俄斯。传说她看中了美少年，就将他拐走。后来她拐走特洛亚国王拉俄墨冬之子提托诺斯，生特洛亚战争英雄门农。

这些形体，何等伟大！四肢转动得何其高贵！
阿里阿德涅睡得多美：忒修斯，你舍得逃走吗？
给这嘴唇一次甜蜜无比的吻，你再走吧，忒修斯！
瞧她的眼睛，她醒来了！——她永远紧抱着你。[①]

（编外二）

为诗人们齐声呵斥的两条危险的蛇；
世人几千年来颤栗地称呼
你，皮同，称呼你为勒耳那怪蟒！但愿你们
为活跃神灵的劲手杀掉！[②]
你们再不会以火热的呼吸和毒涎摧毁
牧群，草场和森林，再不会摧毁金色的种子。
可是怎样一位敌性神灵愤怒地为我们
安排了这一大片有毒的泥潭啊？
它到处蔓延着，在最可爱的小园里
长虫阴险地窥伺着，一下咬住了享乐者。
向你问好，赫斯珀里斯的龙，你英勇无畏，

---

① 英雄忒修斯作为雅典人向半人半牛怪弥诺陶洛斯献祭的童男，来到克里特岛，被囚于牛怪所居的迷宫；他杀死牛怪后，得到该岛国王弥诺斯之女阿里阿德涅的帮助，凭借她为他拴在迷宫门口的线团，终于脱险。事后他把她带走，但到了爱琴海上的那克索斯岛，却趁她熟睡之际独自离开。

② 皮同，大地该亚所生巨蟒，为日神阿波罗所杀。勒耳那怪蟒，古希腊伯罗奔尼撒东部勒耳那沼泽地的多头怪蟒，为赫剌克勒斯所杀。

你坚决捍卫着金苹果这笔财富！[1]

但是这一条却什么也不捍卫——有它在的地方，

果园和果实都不值得捍卫。

它隐蔽地蜷曲在灌木丛里，玷污了清泉，

流着涎，把阿摩沁人心脾的甘露变成毒汁。

哦！你多幸运，卢克里修斯[2]！你能彻底放弃

爱情，对任何肉体都来者不拒。

你有福了，普洛珀修斯！奴隶为你从塔培伊古堡林苑

找来了阿丰台鲁斯所说的淫妇。

而当秦蒂规以那些拥抱吓你一大跳，

她诚然发现你不忠实，但却发现你很健康。[3]

现在谁会不提防，破坏乏味的忠诚！

谁不为爱情所掌握，谁就为忧虑所留难。

而且还因为，谁知道！每种欢乐都是冒险的，

哪里都不会有人把头安静地放在女人怀里。

婚床不再可靠，私通也不可靠；

---

① 赫斯珀里斯，神女，赫斯珀里得斯姊妹的母亲。她们住在大地极西的果园里，守卫着果园里一株结金苹果的苹果树，与她们一同守卫的还有一条叫拉冬的巨龙。后来，拉冬亦为赫剌克勒斯所杀，金苹果被他拿走。

② 卢克里修斯（公元前100–公元前55），罗马诗人，伊壁鸠鲁的信徒，据说因饮其妻所进媚药而疯癫，自杀身亡。

③ 普洛珀修斯，罗马三诗人之一普洛培尔提乌斯、奥维德、维吉尔等人之友，曾写诗献给情妇秦蒂娅。阿丰台鲁斯（原名约翰内斯·图尔迈尔，1477–1534），德国历史学家，拉丁语法专家。正文所述情节不详。

丈夫，妻子和朋友，都在互相伤害。
哦！那才是黄金时代！奥林匹斯山上的朱庇特，
时而去找塞墨勒，时而去找卡利斯托[①]。
他一心只想发现圣庙的门槛

是清洁的，他好热切而威武地跨了进去。
如果在爱情的争斗中丈夫把有毒的武器
指向了她，朱诺该会何等狂怒啊！
但是，我们古老的异教徒，我们并不完全孤单。
总还有一位神忙忙碌碌地在人间
到处飘荡，你们都认识他，崇敬他！
他，宙斯的使者，赫耳墨斯，救苦救难的神。
父亲的神庙倒塌了，成对的圆柱
勉强标志着古代崇拜的辉煌场所，
儿子的神庙将建立起来，永恒的时日
始终在那里轮流交换祈祷者和感恩者。
只有我孤单一人，静静向你们美惠女神们祈求，
我把这热烈的祷告从胸口深处转向上苍：

① 塞墨勒，忒拜国王卡德摩斯之女，与宙斯相恋，生酒神狄俄倪索斯。卡利斯托，阿耳卡狄亚的神女，与宙斯生子阿耳卡斯，被宙斯之女阿耳忒弥斯变成母熊。此处歌颂宙斯（即朱庇特）自由恋爱的黄金时代，与歌颂其子赫耳墨斯（即墨丘利）的下文相对应。

永远保护我小小的，我优美的小园吧，使各种
灾祸从我远离吧；阿摩向我伸出了手，
哦！一旦我相信这促狭鬼，请永远赐我
以乐趣，让我无忧无虑又无危险。[①]

（十五）

我从不会跟随罗马皇帝远游不列颠，
弗格鲁斯则会轻易把我拖进小酒店！[②]
因为比起一大群忙乱的南国跳蚤，
我更厌恶忧郁北国的浓雾。
从今天起，我更衷心地欢迎你们啊，小酒店，
奥斯特利亚[③]，罗马人把你叫得多巧妙；
因为你们今天让我看见情人由舅父陪着，
好人儿常常瞒着他跟我待在一起。
我们这一桌，亲密地围坐着德国人；

---

① 本节含义隐晦，“两条危险的蛇”似指纯粹的无爱情可言的肉欲；“金苹果”似指需要“捍卫”的纯真的爱情。此节为一般原版所不载。

② 罗马皇帝哈德里安（117–138）曾经长久驻跸于不列颠。罗马诗人弗罗鲁斯献诗云：“余不欲为皇帝，去不列颠徜徉，饱尝斯库提亚的风霜。”皇帝答诗云：“余不欲为弗罗鲁斯，流连鸡毛店，匍匐小酒馆，让肥胖的跳蚤饱餐。”（斯库提亚为古代俄罗斯南部地名，此处泛指北国。）

③ 奥斯特里亚，罗马蒙特沙维罗街的一家酒店名称，意为“好客者”。歌德当年经常光顾该店。

那一边，乖乖正在母亲身旁找座位，
好几次移动凳子，巧妙地做到
让我看到她的半张脸和整个颈项。
她按照罗马妇女的习俗，高声讲话，敬酒，
又向我瞟了几眼，打翻了酒杯。
葡萄酒流满了桌面，她于是用柔指
在木桌面上画出湿漉漉的圆圈。
她把我的名字和她的绕在一起；我一直贪婪地
盯着那根小手指，她也注意着我。
最后她灵巧地画出了罗马数字“五”，
前面还加上一小竖。我瞄了一眼之后，
她连忙画上一圈又一圈，把字母数码都擦掉；
可是，珍贵的“四”字仍然映入我的眼帘①。
我静默地坐着，咬住火热的嘴唇，
半是打趣开玩笑，半是情欲所致，竟把自己咬伤了。
到天黑还有很久啊！还得等上四个小时啊！
高高的太阳，你在徘徊，你在浏览你的罗马！
你没有见过、也不会见到比它更伟大的，
恰如你的祭司贺拉斯曾经狂喜地保证过。
可是今天，请别耽误我，早点乖乖地

① “四”字的罗马写法正是在“五”（V）前加一竖。

把目光从七山[①]移开吧！
为了一位诗人，请缩短画家以贪恋目光
幸福享用的美妙时光；
快快热切地仰望一下这些高大的门楣、
圆顶和石柱以及上面的方尖碑；
赶紧跳入海中，明朝更早地来看
几百年来为你提供过神圣兴味的一切：
这片潮湿的、久已长满芦苇的海岸，
这些为树木和丛林遮得黑黝黝的山丘。
起初这里人烟稀少；后来你突然看见
一群幸运的强盗来这里落草。[②]
他们把一切都搬到这个地方来；
其他方圆各处再也不值你一顾。
你看见一座城市在这里兴起，又看见一座沦为废墟，
从废墟中几乎重新出现一个更大的世界。
愿命运女神细心地慢慢纺完我的生命线，
我好更久瞧瞧这个为你照耀的世界。
但它快到了，那个被美妙划出的时刻！——
真幸运！我已听见它么？不，我听到了三点。

① “七山”，罗马古城建在七座山丘上，故称七山城。

② 罗马奠基人被其邻人称为强盗和浪子，他们曾在一次节日抢劫他们的客人塞拜恩人（古意大利中部民族）的女儿，以弥补自己的妇女之不足。

亲爱的缪斯，你们又把我和我爱人
长久睽离的这段时刻骗走了。
再见吧！我就要动身，不怕得罪你们了；
因为你们再高傲，碰见阿摩也得让三分。

（十八）

有一件事最令我烦恼，还有一件
一直令我恶心，只要一想起
就叫我毛骨悚然。朋友，我向你坦白：
令我烦恼的是长夜独宿。
但是，正当献身欢乐的美妙瞬间，
忧愁竟凑近你低垂的额头私语，
在情爱的路上竟害怕有毒蛇出没
在乐趣的蔷薇丛中，这才真令人恶心。
所以，福斯蒂娜[①]使我幸福；她乐于与我
同床共枕，表现出对忠实情人的忠诚。
莽撞的小伙子愿意有诱人的障碍；我却爱
长久舒服地享有被保证的财富。
多么幸福呀！我们交换可靠的亲吻，

① 福斯蒂娜，不详，一说为罗马一年轻孀妇（1764年生）。

我们放心地啜饮和灌注呼吸与生命。
我们这样欢度长夜，我们胸贴胸，
倾听暴风、骤雨和滂沱声。
于是晨光熹微；时间送来了
鲜花，为我们装饰华丽的白昼。
哦，罗马公民们！赐予我幸福吧，愿上帝
向每个人慨允世上一切善意吧！

（十九）

我们难以保持清白名声了，因为我知道，
法玛[①]同我的主宰阿摩吵了架。
你们可也知道，她俩怎么结的怨？
这可是些老故事，且听我说个明白。
威武的女神老爱发号施令，
让大伙儿实在受不住；
她从来就在所有神宴上
以青铜般的声音为大小神祇所憎恶。
有一次她忘其所以，竟然自夸
把朱庇特的翩翩公子变成了奴隶。

① 法玛，谣言与传闻的女神。

"诸神之父啊，"她洋洋得意地喊道，"我要把
我那脱胎换骨的赫耳枯勒斯带来见你。
赫耳枯勒斯不再是阿尔克墨涅跟你生的①；
他对我的崇敬使他在人间成为神。
他高瞻奥林匹斯山，你会认为，他在高瞻你
强有力的膝盖吧；对不起！那最了不起的男人
只是向空中望我；只是为了得到我，他威武的双足
才轻快地跨过了无人敢闯的道路；
但我也会在他的中途去迎候他，并在他
开始行动以前，预先为他传播名声。
你就让我嫁给他吧：阿玛宗人的征服者
也将属于我，我高兴管他叫丈夫！"②
众神沉默着；他们不肯刺激这吹牛的女人：
因为她一发脾气，就会想出刻毒的花样来。
她却没有察觉阿摩：他偷偷溜到一边；略施小计
就让英雄拜倒在美人的石榴裙下。③
现在他把这一对伪装起来：先把狮子的垂鬣
披在她的肩上，再费劲把狼牙棒靠在她身边。

① 赫耳枯勒斯（又名赫剌克勒斯）原系宙斯和忒拜王安菲特律翁之妻阿尔克墨涅所生。

② 赫耳枯勒斯征服阿玛宗人，夺取了阿玛宗女王希波吕忒的腰带，是他的十二件功绩之一。法玛所说一段，是她所捏造的谣言。

③ 阿摩略施小计，使赫耳枯勒斯钟情于美神维纳斯，也是杜撰。

接着他给英雄的怒发插满了鲜花，
把捻线杆塞到他手上，正好开个玩笑。[①]
他很快打扮好这逗乐的一对；然后他一面跑着，
一面冲整个奥林匹斯山大喊大叫："妙事发生了！
开天辟地以来，不落的太阳从没有
在永恒的轨道上看见过这种奇迹。"
大家赶了过来；他们听信了这顽童，因为他
说得一本正经；连法玛，她也没落后。
可谁高兴看到这男人如此丢人现眼呢，
还有谁，除了朱诺？瞧她给阿摩的一副笑脸。[②]
法玛站在一旁，又羞愧又狼狈，走投无路！
她先笑着说："各位大神，这不过是面谱！
我的英雄，我太熟悉了！是悲剧演员
在捉弄我们！"但她随即痛苦地看出，原来是他！——
当明智的网罟及时把他们罩住，
迅速缠住落网者，牢牢抓住享乐者的时候，
武尔坎从网眼里瞅见他的小女人和

① 以赫耳枯勒斯的狮皮和狼牙棒来打扮美神，再给他头上插满鲜花，并把捻线杆放在他手中，这是阿摩的恶作剧。歌德这样写，是以赫耳枯勒斯在吕狄亚女王翁法勒宫中卖身为奴而男扮女装一段情节为依据。

② 朱诺仇视其夫朱庇特与情妇所生之子，故乐见赫耳枯勒斯受到羞辱。

强壮的朋友揉在一起，他一点儿也没生气。[1]
青年人好开心！墨丘利和巴克斯！他们俩
一定会承认：躺在这位美妇的酥胸上，
真是个绝妙的想象。他们恳求道：
别放他们，武尔坎！让咱们再……
于是那个老家伙像个活王八，把他们抓得更紧。——
但法玛，一肚子怒火，匆匆逃掉。
从此两人之间的过节一直没有解开；
每当她看中一位英雄，小家伙就立即去抢。
谁最崇敬她，他就把谁紧紧抓住，
越是道貌岸然，他越是抓得要命。
要是想开溜，就叫他吃不了兜着走。
他把女人送上门来；谁要是愚蠢地推辞，
就得尝尝从他弓上射出的毒箭；
他挑动这个斗那个，使人们兽性大发。
谁要是为他害臊，谁就得吃苦头；他让伪君子
在罪过和磨难中苦中作乐。
而她，那位女神，也用眼睛和耳朵追踪他；
一旦看见他跟你在一起，她马上满怀敌意，
用严峻的目光和轻蔑的脸色吓唬你，并把他

① 火神武尔坎发现其妻维纳斯与战神马尔斯私通，便用大网把奸夫淫妇罩住，让众神观看。歌德这里张冠李戴，把这个传说移到赫耳枯勒斯身上。

经常光顾的门户狠狠地臭骂一通。
而今我也落这个下场：多少吃过些苦头；这女神
嫉妒成性，她尽量刺探我的秘密。
可这是一条老规矩：我一言不发，毕恭毕敬；
因为君王不和，希腊人遭殃，像我一样。[①]

（二十）

男子汉靠膂力和自由勇敢来装饰，
哦！他更应该有深藏的秘密。
严守秘密的沉默啊，你是城市征服者！万民的女主！
引我安度人生的、亲爱的女神，
我遭遇到怎样的命运！缪斯竟开心地打开了、
调皮的阿摩打开了我那紧闭的嘴巴。
啊哈，国王的丑闻已经难得隐瞒了！
王冠也罢，佛律癸亚人的头巾也罢，都掩不住
弥达斯变长了的耳朵；贴身侍者发现了它，
这秘密立即使他惴惴不安起来。
他便把它埋在地里，好让自己轻松一下：
可土地也守不住这个秘密；

① 出自贺拉斯《诗艺》，意为君王之间失和，殃及庶民。

芦苇长出来了，在风中絮絮叨叨：
弥达斯！国王弥达斯长了个长耳朵[①]！
要我守住一个美妙的秘密，更是难上加难；
唉，满肚子私房话很容易从嘴里喷出来！
我不敢讲给任何女友听：她会痛斥我的；
也不敢告诉男朋友：他会给我带来危险。
要向丛林、向回响的岩石讲我的陶醉，
我毕竟不年轻，我还孤独得不够。
只有对你啊，六步句，还有你，五步句，我才讲得出
她是怎样日日夜夜使我欢乐而幸福。[②]
她被许多男人追求，却避开了
狂汉无耻地、奸徒秘密地设下的圈套；
她又机灵又妩媚地溜了过去，知道爱人
肯定在哪条路上热切地等着会她。
月神啊，且慢升，她来了！免得邻人看见她；
微风啊，把树叶吹响些，别让人听见她的脚步。
而你们，亲爱的诗歌，发芽开花吧，在温和而
亲切的微风之最轻微的气息里摇晃自己吧，

① 佛律癸亚国王弥达斯认为牧神潘的笛子比日神阿波罗的七弦琴奏得更悦耳，阿波罗便让他长出驴耳般的长耳朵，王冠和头巾都遮不住。这段故事出自奥维德的《变形记》。

② 本诗系用排律式的哀歌对句体，单行为六步句，双行为五步句，故云。

像那饶舌的芦苇，向罗马公民们最后泄露
一对幸福情侣的美妙的秘密吧。

（1788/1790）

绿原　译

阔夫塔之歌

去！听从我的示意，
莫错过你的青春，
及早学得更聪明：
在那幸福的天平
指针摇摆不定；

你必须上升或下沉，
你必须治理或服役，
你必须获益或损失，
受苦难或者胜利，
你必须是锤或是砧。

（1792）

冯至　译

大海的寂静

大海凝然未醒，
海面统辖着沉静，
船夫揣着忧心
四顾是平滑万顷。
死寂令人心悸，
周遭没一点风声！
浩浩茫茫天外
觉不到波声涛影。

（1795）

樊修章　译

幸运的航行

雾已消亡，
长空晴朗朗，
风神把风袋
谨慎地一张。
风来飒飒，
船夫忙动桨。
匆匆！匆匆！
匆匆破浪，
天末迎过来，
海滨在望。

（1795）

樊修章　译

亲爱的在我身边

我思念你哟，当太阳的光芒
　　从海中喷放；
我思念你哟，当月亮的幽辉
　　共清泉晃漾。

我在看你哟，当远方的路上
　　尘土在飞扬；
当羊肠小道上深夜的时光
　　行人在跌撞。

我在听你哟，当隐隐的涛声
　　在那儿升腾；
当万籁俱寂，林丛中幽静，
　　我老在凝听。

我们相守哟，你离我再远

也在我身边；
当日落而随即有繁星闪现，
愿你在跟前！

（1795）

樊修章 译

诀　别

食言很好玩，
守约太难，
任何违心事，遗憾
我们不能干。

你唱起那古老的魔曲，
把他引诱得忐忑不安，
再坐进甜蜜愚蠢的摇荡小舟，
重新面临双重的危险。

为什么要对我一味躲闪！
大方些，别避开我的视线！
早晚我一定会发现，
你这次又收回了诺言。

今后再也不会找你麻烦，

我已完成应尽的本分；
务请将你的朋友原谅，
他转而悄悄回归自身。

（1797）

绿原　译

神和舞女

印度传说

人间的主宰湿婆[①]
第六次在人寰降落，
变成一个凡人
来感受悲欢苦乐。
他决定居留这里
把一切亲身经历，
该宽容还是惩罚，
看人得顺乎人意。
他扮作游人看遍了全城，
监视富豪，对贫民照应，
到晚上离城想继续前行。

① 湿婆，婆罗门教和印度教的三主神之一，是毁灭、苦行和舞蹈之神。

他正要离城远去，
尽处有几排屋宇，
见一个美丽沉沦
画眼描眉的少女。
“姑娘好！”“承蒙厚爱，
等等！我这就出来。”
“你是谁？”“我是舞女，
这里是烟花所在。”
她振起踝铃翩翩起舞，
一圈圈旋绕着妩媚娴熟，
最后一躬身如献花束。

那姑娘谄媚机灵
往屋里把他邀请：
“外乡美男子，我就
让小屋亮起明灯。
我会使疲劳缓解，
消除腿脚的疲茶，
你什么都能得到，
欢娱、戏耍和安歇。”
她忙着宽慰装成的苦脸。
大神微笑着从失足深陷

欣然看到了心地的温怜。

大神像驱使奴婢；
她愈益欢欢喜喜，
原先是耍花招，
竟逐渐显出真意。
紧随着朵朵鲜花
就会有果实结下，
有了顺从的好感
爱情也随后萌发。
而这位高深莫测的考官
选择了情欲、恐怖和悲惨，
来更加苛刻地对她考验。

姑娘被吻着粉脸，
感到了爱的熬煎，
她呆若木鸡站着，
头一回泪下潸潸。
瘫倒在大神脚下，
并不为金钱、性感，
是她的上下关节
已整个不听使唤。

为这床头的赏心乐事
黑夜备好了细美的柔丝，
备好了夜幕黝黑轻适。

她玩到深宵睡定，
才合眼又早惊醒，
发觉身畔的情郎
竟已丧失了性命。
哭向他身旁跪下，
却再也唤不醒他；
那具僵直的尸体
随即被抬走火化。
她听见挽歌和僧侣唱诵，
紧跑着发疯地挤过人丛。
“你是谁？怎么朝火堆乱拱？”

在灵柩旁边扑倒，
哭喊声直溅周遭：
“我需要我的丈夫，
我去墓穴中寻找。
这肢躯壮美如神，
难道要烧成灰烬？

才只恩爱一宿哟，
超乎一切的亲人！”
僧侣唱：“我们给老人送葬——
等劳碌一生而最后冰凉；
也送走死于意外的少壮。

“听取僧人的教训：
这不是你的夫君，
你活着身为舞女
不担妻子的责任。
影子才随着身躯
同赴黄泉的幽阒；
为妻的才殉丈夫，
尽本分而有令誉。
喇叭哟，奏起庄严的哀乐！
诸神哟，接受这当代人杰！
请把这火中的青年迎接！”

面对人们的冷漠
更使她心情窘迫，
于是她两臂伸长
赴死而投身烈火。

天神变化的青年
竟一跃跳出火焰，
情人投在他怀里
一同向空际飞旋。
罪人的忏悔使神灵赞赏；
天神举起热情的臂膀
把沉沦的少女托上天堂。

（1797）

樊修章　译

科林斯的新娘

青年从雅典踏上征途，
来到科林斯人地生疏。
他盼着那家人将他善待；
家长在客中曾结为姻属，
两家已在当时
就对女儿和儿子
新郎新娘地那么称呼。

然而没有买值钱的礼物
跑来会不会受到轻忽？
何况他家还属于异教，
而女方受洗已信奉基督。
信仰产生差异
常会使爱情、信义
被当成毒草一样清除。

闺女们和父亲已睡安稳，
全家醒着的只剩下母亲；
把青年引进豪华的居室，
她接待客人无比殷勤。
不待青年启齿
早已纷陈酒食，
一边照应着就祝他安寝。

面前丰盛杂陈的肴馔
偏生激不起吃喝的快感，
他无心去想美味佳肴，
只累得和衣就床伸展。
正待昏昏入梦，
一个蹊跷的人影
从敞开的门口走进房间。

借灯光他看见一个姑娘
穿戴洁白的面罩、衣裳，
额上的包头带金黑两色，
走进房间来文静端庄。
见他待在那里
姑娘感到骇异，

举一只白手带着惊惶。

她喊道："我在家竟成局外。
竟然不知道有宾客前来？
家里人把我深藏静室，
使我来这里出丑露乖。
就在那张床上
你再接着卧躺，
像来时一样我赶紧离开。"

小青年喊着跃下床来：
"美丽的姑娘且慢离开！
这儿有谷神、酒神[①]的礼品，
你来又领着爱神同在！
你吓得苍白无神，
亲爱的，且让我们
来看诸神是何等欢快。"[②]

"年轻人，站定不许过来！
我无缘享受人间的欢爱。

---

① 谷神的礼品指面包，酒神的礼品指酒。
② 诸神指谷神、酒神和爱神。意即一起来又吃又喝又谈情说爱。

这件事已经成了定局，
是慈母在病中心思古怪，
病后她曾经立誓
要我的青春丽质
日后都听从上帝的安排。

“古代许多教派的天神
从静谧的家中顿时消隐，
冥冥的天上唯独一个
十字架上的救世主为尊；
在这里宰牲献供
放着牛羊不用，
用人来献祭真闻所未闻。”

那青年斟酌而且询问，
回答都直透他的深心。
“在这静室里居然能够
眼前出现可爱的伊人？
那就做我的妻子！
双方家长的盟誓
已经为我们求得了天恩。”

“好心人，你无从把我留住
他们让二妹做你的新妇。
你在她怀中请想起我来，
念我在静室受着凄苦。
我对你一往情深，
忍受相思的苦恨，
我很快就将去地下蛰伏。”

“就不！凭灯光立下誓言，
灯光正亲切地预示姻缘；
你没有失去我以及欢爱，
请随我返回父母的家园。
你就留在这里，
亲爱的，和我立即
出人意料地举行婚宴。”

他们将信物互相交换：
姑娘送一挂黄金项链，
小伙子有心送一个银杯，
制作得精良再难找见。
“银杯于我不宜，
我倒想要求你

送给我一绺头发鬈鬈。”

黑魆魆幽灵出没的时辰，
这时候姑娘才显得欢欣，[1]
才把葡萄酒深红如血
贪婪地吸进苍白的嘴唇。
然而看着面包
她却丝毫不要，
小伙子纵然相劝殷勤。

姑娘举酒递给那青年，
他春情如炽也一饮而干。
无言对饮中他要求欢爱，
愁心忍受着性爱的熬煎。
他求欢再三再四，
都被姑娘制止，
他一直闹得哭倒床沿。

姑娘走过去跪在身旁：
“我何尝愿意看你忧伤！

① 德国的鬼也跟中国的鬼一样，半夜后鸡叫前最活跃。

可是你摸摸我的肢体，
隐瞒的真相会使你惊惶。
似乎雪样地白净，
却如冰似的冰冷，
这就是你所选定的新娘。”

他伸出铁臂死搂着情人，
爱情的活力在周身斡运：
“只盼你在我的怀中变暖，
纵然你就是来自丘坟！
我们来相吻相挨！
爱一个淋漓痛快！
没觉着彼此像烈火焚身？”

爱情把他们紧紧地连结，
泪珠儿渗进他们的愉悦；
姑娘狠咂他唇边的火焰，
像两人成一体才有知觉。
一股爱情的烈火
烧滚冷却的血波，
她心脏却依然不见搏跃。

这时候母亲正行经过道，
夜深还在为家务操劳，
她站在房门口听了许久，
竟似有人声响得蹊跷。
像是新婚夫妇
正在欢谑怨诉，
还有唧唧哝哝的风骚。

她纹丝不动贴近房门，
因为她必须先有个定准，
听出有矢志的山盟海誓，
相爱的忧烦杂着娇嗔：
“安静！雄鸡醒啦！”
“明晚你还来吗？”
随即又亲吻连接着亲吻。

怒火再无从压住的母亲
疾速地捅开锁住的房门：
“家中竟会有这般贱货
立地委身于一个生人？”
推门走进房间
就着灯光一看，

天啊！竟是自己的千金！

青年乍一见不觉惊骇
想拖着被子把情人遮盖，
再加上姑娘自己的衣裳；
姑娘却一扭就扭出被外。
她显得从容舒缓，
带着幽灵的强悍
从床铺上面坐起身来。

“母亲，母亲”她语声低抑，
“我欢度良宵你如此嫉忌！
把我从温和的境地逐出，
竟叫我灰心绝望地惊起！
早早地裹上尸衣，
把我送归墓地，
还不能满足你的心意？

“然而我自己做出决定，
走出沉甸甸压盖的坟茔。
我全不理会你们的牧师
唱诵连同祝祷的嗡嗡；

哪里有青春搏跃，
盐和水无从冷却，[①]
泥土也无从冷却爱情。

“维纳斯神殿还在的时候
就答应这青年与我婚媾，
外教的伪誓束缚了你们，
母亲，诺言竟不再遵守！
纵使母亲发誓
拆散女儿的婚事，
天神断不会答应祈求。

“我已从坟堆里面超离，
还在寻求丧失的快意，
仍然爱着失去的丈夫，
要从他心上把血液嘬吸。
这一个死期临近，
我得去另找旁人，
叫青年都死于我的怪癖。

① 基督教举行葬礼时，要用放盐的水洒尸体。这里意谓死亡也无从冷却爱情。

“英俊的少年，你活不久长，
你将在这里渐渐衰亡。
我这条项链已经送你，
你的鬈发我带在身旁。
你且细心看吧！
明天会满头白发，
到阴间才会又变得金黄。

“愿母亲听我最终的希冀：
请你把柴薪往起堆积，
打开我这阴森的斗室，
让我的情人在火里安息！
等到火花翻滚，
等到燃成灰烬，
我们就奔赴古代的神祇。”

（1797）

樊修章　译

魔法师的徒弟

年尊的魔法大师
总算离开了一次，
这下妖精的活动
该顺从我的心思。
咒语、符箓、运用
我全都记在心中，
仗着精神的威力
我也来大显神通。

听从旨意，
这里那里，
流水滔滔
往外喷溢，
喷出水来好洗澡，
水波要滚滚不息！

这回旧笤帚过来，
披上这稀糟的布块！
你从来都是仆人，
如今得听我分派！
下头变两脚叉开，
上面再变出脑袋，
去拿上水盆打水
要飞快、飞快、飞快！

　　听从旨意，
　　这里这里，
　　流水滔滔
　　往外喷溢，
　　喷出水来好洗澡，
　　水波要滚滚不息！

瞧它真跑向河畔，
真的跑到了河边；
来去匆匆地打水，
它快得如同闪电。
已经打两个来回，
澡盆正往出涌沸，

满屋的桶罐瓢盆
全都灌满了清水。

站定，站定！
你的本领
我们已经
充分验证！
猛一想糟糕，糟糕
咒语已忘得干净！

哎呀，把咒语遗忘，
难叫它恢复原样。
该记着你是笤帚！
打水偏来得快当！
打水来跑得真急，
倒水再没个停息，
哎呀，百十道流水
都一齐向我冲激！

不成，不成，
不能放任！
把它抓住，

　　这是邪行！
　　越来越叫人惊怕，
　　瞧它那眼色神情！

你这地狱的妖魔
想把房子全都淹没？
只见每一条门槛
全都翻涌着水波。
这笤帚令人嫌恶，
竟不愿听人劝阻！
本来是一段木头，
你老老实实站住！

　　终究你是
　　不愿停止？
　　我要把你
　　抓个结实，
　　用利斧敏捷熟练
　　劈你糟木头棒子。

它往回又在颠摇！
瞧我来把你扑倒，

妖精，快给我趴下！
咔嚓一斧子正着！
要得，真砍得爽利！
瞧它已分成两起！
这回算有了盼头，
该我松一口长气！

糟心！糟心！
两根木棍
忽然站起
变作仆人
跑出去准备打水！
救命呀，诸位大神

滔滔的水势滔滔，
淹没了大厅、楼道。
多么疯狂的大水！
师傅呀，听我在呼号！
大法师来了，哎哟
师傅，惹出了大祸！
自己招引了邪魔，
到头来无法甩脱！

“扫把，扫把，
躲进旮旯！
既是小鬼
待着去吧，
老法师召唤才许动，
只许听法师分发！”

（1797）

樊修章　译

掘　宝　者

囊空如洗，病在心头，
难熬过长日无聊。
财富是至上的产业，
贫穷是最大的苦恼！
为消除我的痛苦，
我去挖掘一件珍宝。
“你据有我的灵魂！”
用自己的鲜血写好。

我画了魔圈套着魔圈，
聚集了腐骨和败草，
燃烧起奇异的火焰；
我的咒语也念完了。
按照学来的手法，
我挖掘古代的珍宝
在魔杖指定的地方；

夜色如漆，风雨潇潇。

我望见远处有一个光，
它走来了像一颗星星
从那最远的远方，
这时正敲着夜半钟声。
不容人有丝毫准备，
那光芒忽然更明亮，
从一个美童子捧着的、
盛满圣浆的杯中射放。

我看见密致的花冠下
闪烁着俊美的双眼；
在圣浆璀璨的天光中
他迈进了我的魔圈。
他殷勤地劝我吸饮；
我想：这样一个男孩
带来美丽光明的赠品，
绝不是一个魔鬼走来。

“吸饮纯洁生命的欢悦！
你就会理解这个训词，

不要再来到这个地方
念些恐怖的咒誓。
这里挖掘徒劳无益。
白天工作！晚间欢聚！
周间勤劳！节日快乐！
这是你将来的咒语。”

（1797）

冯至　译

致热心的读者

诗人都不爱默默无言，
就喜欢当众自我表现。
褒贬毁誉都必然会有！
没有人乐意表露平凡，
我们又总是悄悄地倾诉，
在诗神寂寂静静的林间。

我所追求和我的误区，
我所经历与遭时不遇，
于此已变成几束花枝；
无论是青春或垂垂老去，
无论是欠缺还是美德，
在诗中都显得别有奇趣。

（1799）

樊修章　译

自然和艺术

自然和艺术，像是互相藏躲，
可是出乎意外，又遇在一起；
我觉得敌对业已消失，
二者好像同样吸引着我。

这只在于真诚的努力！
只要我们用有限的光阴
投身艺术而全意全心，
自然就活跃在我们心里。

一切的文艺也都是如此。
放荡不羁的人将不可能
把纯洁的崇高完成。

要创造伟大，必须精神凝集。
在限制中才显示出能手，

只有规律能给我们自由。

（1800）

冯至　译

早来的春天

狂欢的日子，
你来得好快？
小丘和林子，
太阳可送来？

特别是小溪
哗哗地流淌。
可还有谷地？
可还有草场？

朝气淡青！
天空和山峰！
金色鱼群
湖中蜂拥。

彩色鸣禽

林中呢喃；
奇妙歌声
回荡其间。

在绿叶下
嗡嗡采蜜，
蜜蜂偷呷
群花精髓。

轻微的感触
在空中摇曳，
迷人的情愫，
醉人的芳泽。

猛然吹过
微风一阵
蓦地失落
在灌木林。

随即吹回
我的胸襟。
劳驾缪斯诸位，

助我交上好运!

昨日起，我发生
啥变化，请回答?
亲爱的姊妹们，
宝贝儿来啦!

(1801)

绿原　译

总 忏 悔

今天在这高尚的圈子里
请静听我的规劝！
请注意这严肃的心情，
它平日很是稀罕。
你们决心干很多事情，
可大都一事无成，
我得把你责难。

人生在世总会
有一回感到后悔！
那么亲切而虔诚地
承认你们的大罪！
快从错误的迷津
聚精会神，及时猛醒，
争取向正道返回。

是的，我们常常醒着做梦，
这可大家都知道，
新斟的杯盏也没饮干，
即使美酒还在冒泡；
许多匆促的幽会时分，
可爱芳唇的飞快一吻
我们都给错过了。

当庸人们喋喋不休
把神圣诗歌妄论，
为自己的空谈得意洋洋，
并因这幸福的时辰
人人可以自炫一番
进而邀请我们发言，
我们却静坐着默不作声。

如果你的忠实朋友们
能够得到你的宽恕，
我们愿按你的指示
不断努力戒除
那些半途而废的恶习，
力争完整，善良和美丽，

坚决重新生活下去。

对于凡夫俗子统统要
满怀信心地加以敲打，
对美酒的珍珠般泡沫
不止是浅尝一下，
不是悄悄以眉目传情
而是把可爱的芳唇
紧紧吸住直咂。

（1802）

绿原　译

牧羊人的怨歌

在那边的山上，
我伫立过千遍，
倚着我的牧杖，
把山谷俯望。

随着觅食的羊群，
我的小犬为我守护它们。
我来到山下，
自己不知是什么原因。

绚丽的鲜花绽放，
开遍了整个草场，
我折下了花朵，
不知该送给哪个姑娘。

彤云密布，闪电雷鸣，

我在树下避雨躲风。
那儿的大门紧锁，
一切宛如一场幻梦。

一道彩虹出现，
悬在那座房屋上方。
可她已经远去，
远走异域他乡。

远走异域他乡
也许越海跨洋。
过去吧，过去吧，羊群！
牧羊人黯然神伤。

（1802）

高中甫　译

变化中的持久

把捉这早年的幸福
啊，只有片刻的时辰！
和煦的西风已经
吹拂得花雨纷纷。
绿叶刚给我荫凉，
我应否为绿叶而欢悦？
狂风就要把它吹散，
当它枯黄地在秋天摇曳。

你若要摘取果实，
你的那份赶快去拿，
这些刚开始成熟，
那一些已经发芽；
你的秀丽的山谷，
每场雨后都有改变，
啊，在同一条河流

你不能游泳第二遍。

你也在变！你面前
耸立着坚固的建筑，
你看城墙，看宫殿
永远用不同的双目，
唇，亲吻时得到健康；
脚，攀登险峭的岩石。
与大胆的羚羊较量，
那唇与脚都已过去。

那只手，它举止温柔，
它曾经乐于为善，
以及躯干和四肢，
一切都有了变换。
凡是在那个地点
联系你姓名的事物，
当时像一个波浪过来，
都奔驰着化为元素。

让开端跟着结束
紧紧地结合一处！

甚至你匆匆过去
比物体还要迅速。
要感谢缪斯的恩惠
预示两件事永不消逝：
是你怀里蕴蓄的思想
和你精神里构成的形式。

（1803）

冯至　译

泪中的慰藉

大家都开心愉快，
你怎么如此悲哀？
你肯定是哭过，
这从你的眼睛看得出来。

“这是我自己的痛苦，
我要独自一人哭泣，
泪水流得那样香甜，
它使我的心儿舒适。”

快乐的朋友向你发出邀请，
来吧，投入我们的怀抱！
不管你失去了什么，
要使我们知道。

“你们喧哗，你们吵闹，

我这可怜人受的折磨，你们想象不到。
啊，不，我没有失去什么，
尽管我也感到缺少。”

那你就振奋起来，
你是一个青年，血气方刚
在你的岁月里，
有重新赢取的力量。

“啊，不，我没法去赢取，
它离我过于遥远。
它闪烁得娇美，它悬在高空，
就像天边的那颗星星。”

人们并不渴求星星，
只是对它的绚丽心驰神往，
在那欢乐的夜里，
迷恋地把它们仰望。

“在那可爱的日间，
迷恋地把它们仰望；
只要我能哭泣，

就让我黑夜里哭个不停不息。”

（1803）

高中甫 译

十四行诗（十七首）

巨大的惊异

溪水笑出云封的山洞
　急匆匆去向海洋靠拢，
　沿途任什么倒影投来，
　都不受遮拦向山谷流动。

山精却猛地一蹦疯狂，
　使山林回绕像旋风一样，
　她为了寻开心截拦溪水，
　围一个水泊一片汪洋。

浪花喷溅，又愕然退避，
　涌向山坡，又吞没自己；
　朝宗的努力受到了侵逼。

被堰在湖中，浪摇浪静，
　崭新的生活，有明星照影，
　来看微波舔岸的晶莹。

（1807/1808）
樊修章　译

快慰的相逢

　宽博的大衣直捂到腮边，
　我踏着岩径，险巇昏暗，
　想下来走向冬天的原野
　向近旁逃去，我意乱心烦。

崭新的日子忽然展现，
　来一个姑娘，显一个天仙，
　完美如诗歌垂青的女子
　满足了我的魂牵梦恋。

但我却侧身让她过去，
　把自己严实地裹进大衣，
　仿佛要裹暖一怀傲气。

我跟随，她等着。事出意外！
再不能忍受大衣的捂盖，
我甩掉大衣，她倒进胸怀。

樊修章　译

少　女　说

亲爱的，你神情那么端庄，
我真该拿你比你的雕像；
你对我像石雕毫无反响，
石雕倒比你更显得温良。

敌人把自己用盾牌遮掩，
朋友则应当公开露面。
我找你，你偏躲着我溜开，
该像这石雕你无需躲闪。

活的是你，死的是雕像，
这两者我该与谁交往？
还是该两面忍受冰凉？

为了不更多把言辞浪费，
　　我要与石雕长长地亲嘴，
　　直到你妒忌得把我夺回。

樊修章　译

简而言之

难道我该处处把她适应？
到头来只怕是自寻烦恼。
而今我偏要尝试一遭，
不去亲近那娇惯的美人。

但是，我的心，我怎能求你息怒。
事关重大我竟不向你请教？
好！来吧！我们且用亲切语调
又悲又喜把苦衷互诉。

你瞧，行了！谨遵诗人台命，
奏毕的竖琴漾出悦耳的旋律
正好把爱的供品怡然祭享。

你几乎想不到，瞧！
一曲已成；
只是现在咋办？——我想，我们火速
前往，到她面前去唱。

绿原　译

成　长

你还是个可爱的小孩，跟我一块
春天早晨跳跃着走向草场和园圃。
“对这样一个小女儿，我要父亲般照顾，
为她建造幸福的住宅！”

当你对世界略知梗概，
你的乐趣就是家务。
“有这样一个姊妹，我感到安舒：
我会信赖她，像她把我信赖。”

而今什么也止不住美丽的成长；
我心中感到汹涌的热恋。
我可去拥抱她，使痛苦稍歇？

可是，唉！我必须把你[1]当作女王：
你是那么生硬地屹立在我面前；
我不由得折腰于你的草草一瞥。

绿原　译

旅途口粮

我如不再接触美目的光辉，
我的生命就再得不到润色。
所谓命运最不容易和解，
我深有所知，不禁仓皇后退。

也不知还有什么别的机会；
我马上开始把这些或那些
必需物品一一戒绝：
我想只有她的目光才不可驳回。

美酒的酩酊，佳肴的饕餮，
安逸，睡眠及其他馈赠，

① 指耶拿书商弗里德里希·弗罗曼的养女米娜·海尔茨利伯。歌德从她童年起就认识她；到1807年一度对她产生热恋。

还有社交，我都弃如敝屣，一丝不留。

这样我才能从容旅游世界。
只要随身带有少不了的——爱情，
我需要的一切随处可以到手。

绿原　译

提　　醒

当号声鸣震，面临末日，
　这人间欢快会一总消失，
　枉自抛留的这千言万语
　我该有责任进行解释。

把我的追求情意缠绵
　来向你剖白乞求恩典，
　假如你当耳边风看待，
　又如何安置这万语千言？

因而想事要平心、严肃，
　亲爱的，如同你总是踌躇：

担心世界受这番痛苦。

若是我必须清算、解释
多余地向你搬弄的游词，
我将会通年面临末日。

樊修章　译

告　别

别绪深深，离情惨惨，
几千次吻着也不觉厌倦，
还得吻一次才最后分离，
才只得勉强离开海岸。

那河流、房舍、浅阜、高冈，
行乐的宝地还历历在望，
直到蓝天下一瞥美景
隐隐约约地移向远方。

最后目光被海洋遮挡，
灼热的相思涌来心上，

我追寻往事无限忧伤。

随即又感到天色明快，
似乎一切并没有离开，
曾经享有的仿佛都在。

（1807/1808）

樊修章　译

情人来书[①]

你的目光投进我的眼里
你的嘴对我的嘴亲了一吻，
谁像我一样就此获得确证，
还有别的什么令人感到欣喜？

和你疏远，和我的亲人隔离，
我一任思绪起伏不停，
它们凑巧总碰上那个时辰；
那个独特的时辰；我于是哭泣。

① 以下三首系据贝蒂娜·勃伦塔诺（海德堡浪漫派代表勃伦塔诺之妹）给歌德的来信改写。她的幻想小说《歌德与一个孩子的通信》于1835年出版。

不意泪珠又蓦然干去：
到这宁静时分，想他情意绵绵，
难道你不应向远人问好？

请听这两地相思的细语；
我世上唯一的幸福就是你的意愿，
你对我的良好意愿；请给我一个佳兆！

绿原　译

情人再次来书

亲爱的，可别这样认真追究：
为什么我又要诉诸笔墨？
只因本来没有什么要对你说；
它终于还是寄到你的双手。

因为我不能来，才把尺素投邮。
就此奉上我不可分割的心魄，
连同欣悦，希望，陶醉和折磨：
这一切没有起点，也没有尽头。

从今以后我一点也不想对你讲，
我忠实的心如何向你转过去，
带着思念，祈求，妄想和意愿。

我曾站在你面前，把你凝望，
一言不发。还有什么衷肠好叙？
我整个人品已在自身圆满实现。

绿原　译

她欲罢不能

如我就此把白纸给你寄去，
却没有让一个字写在上面，
你为了消遣或许把它写满，
再寄还给我，这幸福的情侣。

然后我把蓝色信封瞥眼一顾，
于是好奇心起，一如女性所习惯，
我急忙拆开，加以通览；
这时我读到平日令我陶醉的称呼：

亲爱的孩子！我听话的心！我的乖娃娃！
你多么亲切地拿甜言蜜语
抚慰我的眷恋，令我十分痛快。

我相信甚至读到你的悄悄话，
你用以温存地充实我的灵府，
并使我为自己倍觉光彩。

绿原 译

报应女神

狂暴的瘟疫肆虐人间，
人应小心回避团聚。
我经常故意踌躇并耽误，
以防染上一些流感。

虽然阿摩更常甘言相劝，
我最终仍不愿跟他打交道。
不料竟缠上了那些“拉克里莫”[①]，

① “拉克里莫”原文为拉丁文“泪水”。此处指浪漫派戏剧家威廉·冯·舒茨（1776–1847）的一个剧本，以西班牙作品为蓝本，包括九首十四行，故该词亦可泛指“十四行”。

我用三四重韵脚把它们盘算。

而今蔑视者即将受到惩罚，
复仇女神以蛇发火炬为武器[①]
从山到谷，从陆到海把他追逐。

我听见精灵们笑声哈哈；
爱情的癫狂和十四行癖
却为我将任何思虑免除。[②]

绿原　译

圣诞节礼品

可爱的小亲亲！在这小盒的隔层
装有种种蜜饯形状各别。
到圣诞节另有果品一些，
只是烘过的，准备分送孩子们！

---

① 据希腊神话，复仇女神有蛇发，持火炬，追逐作恶者。

② 这一首系歌德对自己尝试十四行的自嘲，他原来对这种诗体是有怀疑的，见后文。

然后我想用甜蜜的韵文
备办糖面包来欢度佳节；
只是何必要把那些客套学？
更别让阿谀奉承搞得人头晕！

但还有一句好听的，由内心
传给了内心，在远方也听得到，
只要它飘呀飘，一直飘到你身边。

于是你感到一次友好的提醒，
仿佛熟识的星星快乐地向你闪耀，
礼品再菲薄你也不会视之等闲。

绿原　译

怀疑者和钟情人

怀 疑 者

你们爱写十四行！真败兴！[1]
为了把心灵的力量加以表现，
竟把韵脚押得有板有眼；
孩子们，要相信，意志一直软弱无能。

心灵显示自己的丰盈
几乎无拘无束：它乐意自我保全；
然后狂飙立即拂过所有琴弦；
然后又沉入黑夜与寂静。

何必折磨自己和我们，在陡坡小路
一步一步滚动累赘的巨石，

① 歌德一度撰写过十四行，此前此后却怀疑这种形式未必能表达真实的情感。这两首正反映他的这个观点。

石头退了回来，重新费力又一遭？[①]

钟　情　人

相反，我们才走上了正途！
为了喜滋滋熔化最坚硬的东西，
一定要让爱之火猛烈燃烧。

绿原　译

① 据希腊神话，科林斯国王西西弗斯认为自己能凭借诡计牵制死神，但到了地府却因此受到惩罚：不得不推重石上山，而重石一再滚下山来，终未推上去。

少女和诗人

少　女

我确实怀疑交叉诗韵的真诚！
我诚然乐意窃听你的音节游戏；
只是我觉得，心灵的诚挚情意，
亲爱的朋友，可不应加工锉平。

诗人为了不致令人烦闷
往往把他的内心彻底掘起；
但他还懂得冷却自己的疮痍，
用咒语来治愈最深的一层。

诗　人

亲爱的，请看焰火技师如何作法？
他先曲曲折折挖好坑道，

然后学会按规格呼风唤雨；

只是元素的威力要更强大，
说时迟那时快，带着他的全部技巧，
他已在半空中粉身碎骨。

绿原　译

纪　元

在所有其他节日之前，耶稣受难节
以火焰般的文字最诚挚地写进
佩特拉克的心胸。同样，我敢宣称，
对我而言，便是一八零七年的基督降临节。

我不是开始，只是继续体贴
她，她早已贴近我的心，
而今我重新放上心头的人，
然后会重新明智地被忘却。

佩特拉克的爱情无限高尚，
可惜无报偿，且很悲惨，

一阵心痛，一次永恒的受难节；
可永远不断现身吧，舒畅，
甜美，用棕榈欢呼，幸福得发颤，
女主对我降临了，一次永恒的五朔节。①

绿原　译

哑　谜

这两个字，念起来又短又便当②
我们常常喜吟吟把它们呼叫，
可从没有明白认识这个目标，
虽然它们本来带有它的印章。

彼此灼伤未免孟浪，
虽说古今都觉做得好；
能把它们连在一起来叫，

① 意大利伟大诗人佩特拉克因其对劳拉的爱情而著称，他在一次耶稣受难节（即复活节前之星期五）第一次见到她。歌德则在1807年的基督降临节（即圣诞节前四个星期日之间）第一次意识到自己爱慕米娜·海尔茨伯利。“五朔节”即五月一日，自古流行在西欧某些国家的春节。

② “这两个字”即“海尔茨”（心）和“伯利”（爱），合起来就是情人的芳名。

便叫出了一股极乐的馨香。

可而今我试图要使它们称心，
换言之，我要对自己感到幸福，
我悄悄希望，希望能做到：

结结巴巴念出情人的芳名，
在一个图像里把她们两个看出，
在一个人身上把两个拥抱。

（以上所选十七首十四行诗除了《告别》以外，均写于1806—1807年）

绿原　译

五 月 之 歌

穿过小麦和谷粒，
穿过灌木和荆棘，
穿过树林和青草，
快给我说！
宝贝儿哪去了？

我的好人儿
不在家；
妙人儿一定
　　出门啦。
　　五月春光
　　明媚而精彩，
　　宝贝儿游春
　　快活又自在。

　　河畔岩石旁，

她送吻的地方，
草丛里那次初吻，
我看见一点身影！
是她不成？

（1811）

绿原 译

眼　前

一切在把你宣告!
艳阳在照耀,
我希望，你快跟上。

你出现在花园,
你是玫瑰中的玫瑰,
又是睡莲中的睡莲。

当你翩跹起舞,
所有星辰随之而动
陪着你跳，围着你跳。

夜！即使夜来了!
你也照耀得赛过月光
那优雅怡人的光。

你优雅而怡人，
而花朵，月亮和星辰
都只向你，太阳，致敬。

太阳！唯愿你是我的
美好时日的创造者；
是生命，是永恒。

（1812）

绿原　译

风　　景

这一切看来多爽心，
农舍显得多匀称，
草木朝露淋漓，
山脉边缘蓝得好艳丽！
且看嬉戏的小云彩
在纯净的大气里真叫凉快！
这里要有一个荷兰人来到，
他当真马上就会落脚，
他看的景致，他画的画卷，
数一百年也数不完。

那么这一切你觉得怎样？
仿佛透过银色面纱一样放亮，
是透明的，是一道光
后面是最俊俏的面庞。
通过这盏明灯的照临，

一切变得清澈而纯净，
否则一种讨厌的偶然，
每天变得司空见惯。
如果你缺乏才智和艺术义务，
爱情就懂得予以弥补。

（约1812）

绿原　译

发　现

在林中独自
一路行来，
我无所追寻，
就这心态。

只见一株花
长在阴处，
它亮似明星，
艳如美目。

我想摘下来，
花儿低诉：
何必掐了我
叫我干枯？

我于是将它

连根掘起，
带到邸宅旁，
带进园里。

在清幽处所
重新种下，
它生枝长叶，
永远开花。

（1813）

樊修章　译

新哥白尼

我有一座像样的小屋，
在里面躲藏起来，
可以舒舒服服
避免太阳晒。

那儿有个小边门，
小弹簧，小百叶窗，
我可以悄悄一个人
幽会俊俏的姑娘。

说也奇怪！令我喜悦——
树林怎么在动，
遥远的田野
逐渐移近我的胸。

山脉长满树林

也舞蹈着过去了：
只差激动的地精
在欢畅地呼叫。

但它们都缄默无语
从我面前跑掉，
大部分笔直，有时也扭曲，
这样我觉得更妙。

如果我好好观察
并且看得很认真，
也许这一切都已停下——
是我在迅速移动自身。

（1814）

绿原　译

格 言 诗 辑[1]

我的产业是这样美，这样广，这样宽，
时间是我的财产，我的田地是时间。

一小时有六十分钟，
一昼夜超过了一千。
小孩子！要有这个认识，
人能有多么多的贡献。

急躁没有用，
后悔更没用，
急躁增加罪过，
后悔给你新罪过。

你的昨天若是明朗而坦然，

① 歌德从1814年起，写些格言诗，冠以《温和的馈赠》的题目，直到1828年，共有六部分。其中有些独立成篇的，译出时附上时间，独立收入。这里辑的格言式的短诗十几则分别从各部分译出。

你今天工作就自由而有力，
也能够希望有一个明天，
明天能取得更多的成绩。

你若要为你的意义而欢喜，
就必须给这个世界以意义。

谁若游戏人生，
他就一事无成，
谁不能主宰自己，
永远是一个奴隶。

像是星辰，
不匆忙，
也不停息，
每个都围转着
自己的重担。

对于我没有更大的苦闷，
甚于在天堂里独自一人。

世界上事事都可以担受得起，

除却接连不断的美好的时日。

冯至　译

年　　岁

年岁是些最可爱的人：
它们送来昨天，送来今日，
我们年轻人正这样度过
最可爱的生活无忧无虑。

可是年岁它们忽然改变，
再不像过去那样恰如人意。
不愿再赠给，不愿再出借，
它们拿走今天，拿走明日。

一个老人永远是个李尔王——
凡是手携手共同工作的、争执的，
久已不知去向，
凡是和你一起爱过的、苦恼的，
已依附在其他的地方；
青年在这里自有天地，

这是愚蠢的，若是你向往：
来吧，跟我一块儿老去。

冯至 译

蛇　皮

“敌人们威胁着你，
一天比一天加剧，
你怎么毫无畏惧！”
我看到这一切，不为所动，
他们撕扯的
是我刚蜕去的蛇皮。
下层皮若是成熟，
我就立即蜕去，
又变得新生而年轻
在新鲜的神的领域。

冯至　译

《西东合集》选（二十五首）

自由思想

让我在我的马鞍上驰骋！
你们居留在你们的茅舍帐篷！
我快乐地骑马奔向远方，
我的头顶上只是点点星光。

冯至　译

自　白

什么难以掩藏？是火！
白天浓烟暴露它的行藏，这个恶魔，
夜间它喷吐火光。
此外难以掩藏还有爱情：
它那样静静地被掩盖，

可很容易从眼睛里透露出来。
最难以掩藏的是一首诗歌：
它不会藏藏躲躲。
当诗人把它歌唱，
他便全身沸腾激情满怀；
当他华丽地把它写出，
他就要整个世界把它喜爱。
他向每一个人快乐和大声吟咏，
不管它使我们痛苦还是高兴。

（1815）

高中甫 译

幸运的渴望

别告人说，只告诉智者，
因为众人爱信口雌黄；
我要赞美那生存者，
它渴望在火焰中死亡。

在爱的深夜的清凉里，
创造了你，你也在创造，

有生疏的感觉侵袭你，
如果寂静的蜡烛照耀。

你再也不长此拥抱
在黑暗的荫下停留，
新的向往把你引到
更高一级的交媾。

没有远方你感到艰难，
你飞来了，一往情深，
飞蛾，你追求着光明，
最后在火焰里殉身。

只要你还不曾有过，
这个经验：死和变！
你只是个忧郁的旅客
在这阴暗的尘寰。

（1815）

冯至　译

无　　限

你不能终结，这使你伟大，
你永不能开始，这是你的造化。
你的歌像群星的天空旋转，
开始和终结永远相同
处于中间，显然是结束也是开端。

你是诗人的真正欢乐之源，
一浪接着一浪，从你的身上涌现。
经常准备好的嘴唇用于接吻，
从胸中迸发出美妙的乐音。
经常是迷人的歌喉用来痛饮，
倾诉衷肠的是一颗善良的心。

尽管整个世界陆沉，
哈菲斯，我要与你，
只与你，进行比拼！痛苦与欢欣，
我们这对孪生兄弟共有共享，
像你那样去爱去痛饮，
这是我的骄傲，我的生命本身。

响起来吧，歌儿，用身己的火焰！
因为你更老，你更新。

冯至　译

读　　本

书中之书，最奇妙的是爱情；
我仔细把它阅读：
很少几页写的是欢乐，
整卷整卷的是痛苦；
有一章写的是分手离别
写重逢的！一小节，

还是片断。各章描写是悲戚，
连同的是长而又长的说明，
没完没了，无边无际。
噢，尼萨米[①]！你最终
找到了正确之路；
不可解决的，谁去解决？

① 尼萨米：此诗系歌德读土耳其诗人尼沙尼的诗而作；此处歌德用他熟悉的波斯人名尼萨米来代替。

相爱之人，再度相遇。

高中甫　译

满　足

“你在想入非非胡言乱语，
那个姑娘会因为爱而属于你。
我根本对此不感到高兴，
她最懂得到的是讨好奉迎。”

诗人：
　我有了这个姑娘！我感到满意，
　我要以此辩护，
　爱情是自愿的馈赠
　讨好奉迎，是一种敬重。

（1815）

高中甫　译

另五种情况（一）

什么把时间缩短？

是说干就干！
什么使度日如年？
是游手好闲！
什么会造成欠债？
是耐心等待！
什么使一事无成？
是犹疑不定！
什么会带来美誉？
是束身如玉！

（1815）

樊修章　译

另五种情况（二）

凡属《五经》[①]中所记，
都写的是你的胸臆：
凡是得到你施与的，
爱之要如同自己；

① 《五经》：波斯格言集。

莫聚敛去遗赠黄金，
先乐于拿出分币；
该抓紧欣然选取的，
是眼前不是回忆。

（1815）
樊修章　译

哈特木（盗贼……）

盗贼不是由于机遇造就，
它本身就是个偌大的小偷；
我心中尚存的爱情，
它偷得一干二净。

它把偷来的都向你奉送，
那是我生命中全部所有。
现在我变得一贫如洗，
只能把生命交付与你。

可在你灿烂的目光之中，
我感到了怜惜同情，

在你的双臂里
我的命运又获得重生。

高中甫　译

苏莱卡（我不斥责……）

我不斥责机遇，
在你的爱情中我感到欢愉
即使它使你成为盗贼，
这样的掠夺也使我心喜。

为什么要去掠夺？
把你给予我是出于自愿
我更乐于相信——
对，偷你的是我。

你如此心甘情愿的付出，
给你带来巨大的收益，
我的安宁，我富庶的生命，
我愉快地奉献，你把它拿去！

这不是开玩笑！说不上什么贫穷！
爱情不是使我们变得富有？
我把你拥在我的双臂之中，
我的幸福与任何幸福相同。

高中甫　译

银　杏

这样叶子的树从东方
移植在我的花园里，
叶子的奥义让人品尝，
它给知情者以启示。

它可是一个有生的物体
在自身内分为两个？
它可是两个合在一起，
人们把它看成一个？

回答这样的问题，
我得到真正的含义，
你不觉得在我的歌里，

我是我也是我和你?

(1815)

冯至　译

苏莱卡(太阳升起……)

太阳升起,明光灿烂!
抱住它的是新月弯弯。
谁能够成全这样一对?
该怎样解答这个疑团?

(1815)

哈特木(苏丹能解答……)

苏丹能解答,他能匹配
这空中至上至高的一对,
以表明日月是他所选出
最为英勇的忠诚侍卫。

这也是我们幸福的表象!

爱人，我看到你我同样，
你把我称做你的太阳，
月亮亲亲，来把我抱上！

（1815）

樊修章　译

哈特木（鬈发……）

鬈发，请将我紧紧围抱，
在她脸庞的轮廓中围好！
你们可爱的棕发长蛇，
我一无所有来加以回报。

只有这片心忠贞不变，
鼓涌出无限的花叶青鲜，
任雪壅雾锁压在尽底，
也要为我喷一座火山。

我就像朝霞使那座山峰
庄严的峭壁羞出霞影，
哈特木终于再次感到

炎炎夏日和袅袅春风。

再来上一瓶，斟吧，饮吧！
这一杯我要拿去敬她。
她见一撮灰盛在杯底，
会说："他为我已经焚化！"

（1815）

樊修章　译

苏莱卡（我再也不愿……）

我再也不愿与你分张！
爱情给爱情增添力量，
愿你能为我把青春装点，
用你激情的一片昂扬。

若有人对我的诗人赞赏，
是多么投合我的心思：
因为有生命就有爱情，
生命加生命就成才智。

（1815）

樊修章　译

苏莱卡[1]（愿这残缺……）

愿这残缺的人世
越来越变得充实！
明眸好生辉映照，
长有激越的情思！

（1815）

樊修章　译

重　逢

最亮的明星，这竟然能够，
我把你重新紧抱胸口！
天各一方的夜晚是怎样，
怎样的极苦，怎样的深忧！
一同来分享我的欢快，
你是亲亲甜甜的对手；
想起已经逝去的忧愁，

① 这首诗是1827年补入《西东合集》的。

我今天激动得依然颤抖。

当世界还是一团混沌
与上帝永恒的胸膛贴紧，
上帝就安排最初的时序
以其崇高的创造的欢欣。
他还说了那句话：“要有！”[①]
就响起一声痛苦的呻吟！
万物就一变而为现实，
一派威风凛凛的神韵。

光明铺展，就使得黑暗
被分离出去面带羞惭，
而各种要素[②]也就即时
一种跟一种分离四散，
都如同梦寐不受羁縻
迅疾地奔向四方邈远，

---

① 《旧约·创世纪》：“起初上帝创造天地。地是空虚混沌，渊面黑暗……上帝说：‘要有光！’……就把光暗分开了……上帝说：‘地要发生青草，和结种子的菜蔬，并结果子的树木……’事就这样成了……上帝说：‘天上要有光体，可以分昼夜，定节令、日子、年岁……’于是上帝造了两个大光，大的管昼，小的管夜……上帝说：‘地要生出活物来……’于是上帝造出野兽……”这里说“要有”，就是上帝创造世界的过程。

② 指地、水、风、火。古人认为宇宙是由这四大要素生成的。

不出声响也无所眷恋
固定在漫无边际的空间。

无声的万象寂静荒芜，
上帝头一回感到了孤独，
于是他造出朝霞红润
用来抚慰分离的痛苦。
霞光驱散那一片昏沉，
酿造和谐的色彩繁复。
原先一切都各不相关，
如今又能够互相眷顾。

一切独立自在的有生
为确立自身都全力奋进，
情感和目光都一齐投向，
投向最大限度的生存。
不论是拿来还是夺取
一切都只为自强自信。
真主再无须创造世界，
创造世界的自有我们。

终于驾起朝霞的翅膀

我被卷到了你的身旁，
黑夜调动了万千印信[①]
用星光来把盟誓加强。
在人间算得楷模的我俩
享受欢愉也享受凄怆。
纵然上帝再度说：“要有！”
我们也不会再度分张。

（1815）

樊修章　译

苏莱卡（这世界令人……）

这世界令人长看长新，
诗人的世界更如花似锦：
日日夜夜都明光照耀，
原野上银青、豁亮、缤纷。
今天我戴上爱情的眼镜，
就更觉美好；愿一切长存！

（1815）

樊修章　译

① 指接吻。接吻和盖印何等相似！

任凭你在千种形式里隐身

任凭你在千种形式里隐身，
可是，最亲爱的，我立即认识你；
任凭你蒙上魔术的纱巾，
最在眼前的，我立即认识你。

看扁柏最纯洁的青春的耸立，
最身材窈窕的，我立即认识你；
看河渠明澈的波纹涟漪，
最妩媚的，我能够认识你。

若是喷泉高高地喷射四散，
最善于嬉戏的，我多么快乐认识你！
若是云彩的形体千变万幻，
最多种多样的，在那里我认识你。

看花纱蒙盖的草原地毯，
最星光灿烂的，我美好地认识你；
千条枝蔓的缠藤向周围伸展，
啊，拥抱一切的，这里我认识你。

若是在山上晨曦照耀，
愉悦一切的，我立即欢迎你；
于是晴朗的天空把大地笼罩，
最开阔心胸的，我就呼吸你。

我外在和内在的感性所认识的，
你感化一切的，我认识都由于你；
若是我呼唤真主的一百个圣名，
每个圣名都响应一个名称为了你。

（1815）

冯至　译

在呼吸中有双重的恩惠……

在呼吸中有双重的恩惠：
把空气吸进来又呼出去。
吸进感到压迫，呼出就清爽；
生命是这样奇异地混合。
你感谢神，如果他压抑你，
感谢他，如果又把你放松。

（1814）

冯至　译

生活常规

如果想过美好的人生，
一定别为过去操心，
更别无端伤脑筋；
一定要永远享受当今，
特别不要树立怨敌，
并把未来交付上帝。

（1814/1815）

绿原　译

墓志铭

小时候沉默寡言，固执成性，
少年时飞扬跋扈，桀骜不驯，
成人后开始壮志满怀，
到老了漫不经心，异想天开！——
你的墓碑才可念出声：
这是个真正的人！①

（1814/1815）

绿原　译

① 1808年10月，拿破仑在埃尔富特会晤歌德时说过这句话。

夜　安

你们休息吧，亲爱的歌儿，
偃卧在我的人民的怀中！
大天使长迦百利
在麝香的云雾里，
殷勤守护疲倦者的身躯，
使他健壮起来，恢复活力，
永远愉快，乐于与人交际，
愿岩石的缝隙崩裂，
天堂大门开启，
与所有时代的英雄，
快意地贯穿而入。
凡是美之所在，
经常是清新鲜艳，
永远成长，朝向八方四面，
让无数的人欣然；
是的，就是那头忠实的小犬，
也可以把主人陪伴。

（1815）

高中甫　译

担　心

情人啊，豪纵的诗篇
飞动着来回轻便
在那净朗的天国。
被压进僵直的书卷。
时间使一切消泯，
只有诗永葆青春，
一行行都不会消逝，
像爱情一样长存。

（1815）

樊修章　译

午夜时分[①]

午夜时分，我这个小小的男童，
去教堂的墓地，
进神父的家门，不太情愿。

---

① 此诗由蔡而特谱成歌曲。1827年1月14日，歌德听后，深情地对艾克曼说：“这首歌没有失去和我的关系，它依然是我的活着的一部分，并与我一道生活下去。”

群星遍布，星光璀璨。
午夜时分。

后来我深入生活的无垠，
必须，必须跟随我最爱的人，她把我吸引，
我上方的星辰和北极光竞相争辉，
我来来去去把极乐吸吮；
午夜时分。

到最后，满月的银光
清澈地把我幽暗的内心照亮
思想顺从地、深思地、快速地
缠绕往昔，像缠绕未来一样。

午夜时分。

（1818）

高中甫 译

让我哭吧

让我哭吧！笼着黑夜，
笼着无边的漠野。
赶驼人睡了，驼队休息，
只那个亚美尼亚人醒着算账，
挨着他我也算道路的曲折，
反复算隔离我与苏莱卡的
可恼的绵延不尽。
让我哭吧！这并不羞耻，
会哭的男人是好男人，
阿喀琉斯哭过布里赛伊斯，[1]
泽尔士哭过无敌的劲旅，[2]
为爱将的被杀，

① 据荷马史诗《伊利亚特》记述，在攻打特洛伊的战争中，阿喀门农曾夺走大英雄阿嘻琉斯的女俘布里赛伊斯，阿喀琉斯为此极为痛苦，并和阿伽门农发生了激烈的争吵，致使战争接连失利。

② 泽尔士一世（约公元前519–公元前465），古波斯帝国国王。在希波战争中，率舰队远征希腊，在萨拉米海战中大败，曾痛哭失声。

亚历山大也曾哭泣。[1]
啊，我已经泪涌如泉！

（1818/1819）

樊修章　译

① 爱将指克利图斯。他是与亚历山大同奶母的兄弟，一起长大的好朋友，又是亚历山大得力的将军。后因与亚历山大争论，出言不逊，被用矛刺死。据记载，他死后，亚历山大曾感到非常痛苦。

三　　月

一场雪落下，
虽不合时令，
可为了小花，
可为了小花
我们很高兴。

阳光拿假象
来把人欺骗，
燕子在撒谎，
燕子在撒谎，
为啥？它们太孤单！

即使春天在望，
怎能独自逍遥？
让我们成双，
让我们成双，

夏天马上要到。

（1820前）

绿原　译

四　月

告诉我，告诉我你说些什么，眼睛？
因为你说得简直太好听，
简直是无比悦耳的众乐齐鸣；
你还以同样的感觉探询。

可我自信能把你领悟：
透过这双明亮的眼睛
有一颗心栖于爱与真
而今迷恋于

必定使它中意的女郎，
在如许麻木、蒙昧中央
终于找到一缕目光，
也懂得把它赞赏。

当我专心

把这些密码研究，
让你同样被引诱
来破译我的眼神！

（1820前）

绿原　译

五　　月

轻盈的白云飘
过刚变暖的气息，
为霞光温柔地环绕，
太阳和蔼地透视着雾气。
波浪沿着广阔河滨
悄悄翻滚又汹涌而去；
洗得又亮又干净，
摆过去摇过来又摆过去，
反映出一片新绿。

空气宁静，微风也宁静；
怎么我觉得枝条在拂动？
对于这份丰裕的柔情，
从树林穿过了灌木丛。
现在眼光突然明亮，
看哪！

一群小爱神，
它们动得真快当，
仿佛早晨刚诞生，
一对对插翅飞腾。

着手把屋顶安上——
这所茅屋有谁想要?
就像规规矩矩的住房，
板凳、小桌当间儿摆好!
于是我不胜错愕，
太阳落山，我几乎发愣；
看来还有百来个[①]
把小亲亲往房里送，
日里夜里，好一个梦!

（1820前）

绿原　译

① 似指小爱神。

六　月

山的那边住着她，
她把我的爱情来报答。
说吧，山，到底是啥东西?
在我看来，仿佛是层玻璃。

可我不会离得很远;
因为她来了，我已看见。
如果我不在，可真糟糕，
她微笑着，是的，她全知道!

且说当间儿现出
一片长矮林的凉谷。
还有溪流、草场等等，
水磨和轮子是最美的象征。

马上又出现一片面积。

辽阔的田野不再憋气。
于是走出来，再走出来，
直到我走近花园和住宅！

究竟怎么一回事？
这一切并不使我欢喜——
我欢喜脸庞和两只
小眼睛的光彩，
我欢喜轻巧的步态。
而且我正看见她，
从发辫直到脚丫。

她走了，我在这里。
我走了，跟她在一起。
她漫步在陡峭的丘陵，
她沿着山谷急走。
那儿似乎有翅膀扑腾，
那儿似乎有歌曲演奏。
唯她使之幸福的人
正在悄悄地期望
这些充沛的朝气如云，
这些肢体的富丽堂皇。

爱情对她实在太美，
我从未见过什么更美！
突然间从她的心窝
悄悄绽开了一束花朵。

我想：就是这样的！
它已沁入我的心脾：
如果她爱我，我难道妄想，
还有什么比这更强？

新娘会变得更俊，
如果她完全把我信任，
如果她开口对我说
她高兴什么又苦恼什么。

她现在过得怎样，过去如何生活，
我了解她，的确不少也不多。
有谁会从灵到肉整个赢得
这样的宝贝儿，这样的小娇娥！

（1820前）

绿原　译

一和一切

有限的东西都乐意消失，
好在无限中寻得位置，
不带一丝一毫的怨訾；
抛开热望和勃勃野心、
无厌的强求、谨守的本职，
把消失自己看成乐事。

让世界精神来渗透我们，
然后再和它互相较劲，
是我们力量的至高使命。
古圣时贤会抱着同情
谦和地引导高卓的才俊，
引向创造万物的神灵。
奋发的行动要保持永远
以促使既成的一切转变，
使之不僵化刚愎自用。

原先没有的必然会有，
共大地斑斓，阳光灿烂，
断然不可以停滞不前。

就该运动，有创造的生机，
先形成而后发展自己；
事机都只是表面沉寂。
永恒就顺着万物变迁，
万物想生存坚持到底，
都必须消逝一去无迹。

（1821）

樊修章　译

风 鸣 琴

他

我原本以为不致伤怀，
却居然这样忧煎难耐，
我的头像被勒得紧紧，
大脑中间是一片空白。
到头来眼泪滔滔如洗，
挤一声再见语音压抑。
别看她分手气定神闲，
如今会像你一样哭泣。

她

他去了，事情已无可变更！
亲爱的诸君，让我安静，
我不会长期这样沉湎，

何苦让诸君看着娇情!
他如今对我已不能缺少,
由不得我要泣不成声。

他

虽然我不会产生悲感,
可是也无从感到欣然,
果树上已经成熟的天物
随人家摘去,与我何干!
大天白日我心情郁闷,
透明的夜晚也只是烦心,
我只留得唯一的享受:
将你的倩影永远翻新。
若明白我这幸福的想望,
你就该对我迁就几分。

她

我没来相见你感到悲戚,
也许怀疑我缺乏诚意,
我的心不会不知就里。

哪会有彩虹装点蓝天，
下雨了彩虹才顿时展现。
你哭吧！我就会来到跟前。

他

你能比彩虹一丝不假！
是朵值得赏爱的奇葩。
温馨多彩，轻柔鲜灿，
永远如新也永远像她。

（1822）

樊修章　译

致拜伦爵士

亲切话语给我们快乐时光，
从南方传来一句接一句；
呼唤我们奔赴最高尚的战场
我心有余可双脚却被裹住。

我怎样向远方说句知心话
给我那长久相伴的朋友？
他一直在内心深处挣扎，
久已习惯忍受最沉重的苦楚。

如果他感觉自己，他真有福！
他敢于以莫大的幸运者自夸，
如果缪斯有力量征服痛苦；
愿他认识自己，一如我们认识他。

（1823）

绿原　译

致乌尔莉克·冯·莱温佐夫（人们责备……）

人们责备我们相爱，
我们不应为此感到不快，
责备它没有任何力量。
它适用于其他事项，
没有任何反对和非难，
能使爱情受到指责。

（1823）

高中甫　译

致乌尔莉克·冯·莱温佐夫（你走了……）

你走了过去？怎么！我没有看见；
你回来了，我还是没有看见——
这失望的、不幸的瞬间！
难道我是瞎子？竟有这样的事情出现？
我安慰自己，你乐于接受我的道歉，
我的辩解你会感到喜欢：
我看到你，不管你离我多远！
可在近旁我看你不见。

（1823）

高中甫 译

热情三部曲

致　维　特

你四方哭悼的阴魂果敢，
大天白日里又重新出现，
相遇在新花又绽的郊原，
对我的目光你全不躲闪。
你还像活着，还像清晨
源头的露水使我们振奋，
等受尽一天累人的劳苦，
夕阳的残照又激动人心。
我选了求生，你选了求死，
你先走省多少费力劳神。

人生啊，这彩票不同凡响，
白天多可爱，夜就有多长！

我们被植入天堂的欢快，
却几乎得不到艳丽的阳光。
时而与环境，时而和自己
顿时搏斗得乱冲乱撞；
内心明亮却外界昏霾，
外界的明光被眼花遮盖，
互相都不肯可歆地互补，
幸福在眼底却认不出来。

我们自信已了然于心！
女人的魅力把我们拴紧：
年轻时像孩子心花怒放，
春风得意地走向新春。
谁赐予一切？他四顾惊喜，
像世界本来就属他们。
他镇定迅疾向远方奔闯，
城墙宫殿都无从限禁。
像一群飞鸟绕着林冠，
他也盘旋着向情人飞近，
向并不心甜的空中寻找
专一的媚眼来把他拘禁。

警觉不太早就是太迟，
被柔情所惑，飞腾受制，
见时欢快，别时凄苦，
一再重逢更乐不可支，
多年的情债被瞬间弥补，
偏又是分离在一旁疾视。[①]
你笑得多情又极有分寸，
朋友，你殉情而大有声闻，
我们纪念你可悲的厄运
你却把我们留给酸辛；
激情凝就的模糊轨道
将我们引向舛乱纷纭。

接连的痛苦把我们缠紧，
只剩下分离，分离是要命！
为了避开要命的分手，
诗人的吟唱多么感人！
陷身这痛苦是咎由自取，
求天神让我把郁结吐尽！

（1824）

樊修章　译

---

① 这一节既是写维特与绿蒂的几度相逢，也是写诗人与乌尔莉克的几回相聚。

玛利浴场哀歌

如果人在他的痛苦中静默，
一个神就让我说，我苦恼什么。①

如今我对再见该抱什么希望，
对今天还关闭着的花苞？
是乐园，是地狱，都为你开放；
心情激动，是怎样不定飘摇！——
再没有疑问！她走到天的门槛，
她高高举起你在她的双腕。

你那时被迎接在乐园，
好像你值得享永久美丽的生意；
再也用不着企求，希望，祝愿，
这里便是内心努力的目的，
当你向着这唯一的美观看，
渴慕的泪泉便立即枯干。

白昼怎不鼓起迅捷的羽翼，
分分的光阴仿佛都逼着赶来！

① 这两句题词引自歌德戏剧《塔索》第五场。

黄昏的吻，一个忠实结合的印记：
纵使当着明日的太阳，它也存在。
时辰彼此相似，在温柔游荡，
姊妹般，却又不完全相像。

最后的吻，甜美而残忍，它切断
错综情意的华丽的藤葛。
于是跑啊，脚又停滞，躲避着门槛，
像里边一个执火剑的天使将他驱逐；[①]
阴郁的途中，目光懊恼地凝视，
回头看，乐园的门却紧紧关闭。

于是自家紧紧关闭，好像
这颗心从未开启，也未曾感到
那些幸福的时辰在她的身旁
和天上粒粒的星比赛照耀；
懊恼，忏悔，谴责，忧郁
折磨它，在沉闷的气围里。

世界是不是还在？岩壁再也不

① 据《旧约·创世纪》，大天使迦百利奉上帝之命，手持火剑将偷吃禁果的亚当、夏娃逐出伊甸园。

被神圣的阴影笼罩？
庄稼难道就不成熟？碧绿的平芜
就不伸向河流，展遍树丛牧草？
那时而无形象，时而万象具呈
超世的伟大就不窿廓空中？

活动得何等轻盈，何等明媚，
仿佛天使般从严肃的云台，
一个窈窕的影子从氤氲中升起
它多像她在蔚蓝的天海！
你看她在欢悦的舞中自由自在，
在最可爱的形体中她最为可爱。

可是你只可以在瞬间把牢
一个空中的幻影来替代她；
回到心里来吧，心里更容易得到，
在心里，她在许多形象中演化；
一个人演变成无数的形象，
越变越可爱，千番百样。

她迎接我在门前徜徉，
随后次第加惠于我；

就在末次吻之后还将我赶上，
在我唇边压上最末一个：
图像永远这样明鲜生动，
用火焰的文字写在诚挚的心中。

这颗心坚固有如修筑雉堞的高墙，
它为她而保重自身，也保护她在里面，
它为她而欢悦自己的持续久长，
它才自觉，若是她有所显现，
在这般可爱的墙内更为逍遥，
还在怦怦跳动，为一切而对她感恩图报。

即使爱的能力，互爱的必需
都消逝了，变得无影无踪，
立刻却找到了希望的欢愉，
快乐地去计划，决断，迅速行动！
若是爱给爱者以灵感，
这在我身上曾最可喜地实现；

多亏了她！
一种内心的忌惮
讨厌的沉重，压住灵魂和身体：

在心灵空虚的荒凉的空间
目光被些恐怖的幻影围起；
从熟识的门槛内有希望朦胧，
她自己出现于和煦的阳光中。

神的和平（我们读古哲名言）[①]，
在世上使你们幸福，甚于理性，
在最亲爱的人的前边，
正好和它相比的，是爱的和平；
心平息，那最幽深的心愿：
我属于她，是什么也不能扰乱。

在我们胸怀纯洁处涌起一种追慕
情愿将自己由于感谢的心情
献给更崇高、更纯洁的生疏事物，
为自己破解那永久的无名；
我们说：虔诚！——这样幸福的高巅
我觉得有份，当我立在她的面前。

在她的眼前，像是受着日光的支配，

① 参阅《新约·腓立比书》第4章第7节：“上帝所赐出人意外的平安，必在基督耶稣里，保守你们的心怀意念。”

在她呼吸前，像是在温暖的春风中，
自我的意识在严冬的穴内
冰僵得这样久，如今却已消融；
自私，自是，都不再延续，
在她来临前它们都已吓走。

她好像说："一时复一时
生命和蔼地呈现给我们，
昨天的留给我们些许信息，
明日的又禁止我们知闻；
如果我们怕那黄昏来临，
日落了，看看还有什么使我欢欣。

"所以要做得像我一样，聪明而欢乐，
看定了刹那，不要推延！
快快地迎上它，亲切而活泼，
在工作中为了欢喜，也为了爱恋；
只要你永久天真，坦白胸怀，
你就是一切，不会失败。"

我想，你说得好，为了陪伴，
上帝把刹那的恩惠赠给你，

人人觉得在你温柔的身畔
一瞬间是命运的宠儿；
但你示意我离开的目光，令我生畏，
有什么用呢，学这么高深的智慧！

现在我远了！现在这一分钟时间
该如何打发它呢，我无法述说；
她在美上又给我一些善，
善只苦恼我，我必须摆脱；
一种不能抑制的思恋追逐我，
除去无边的泪却束手无策。

就往下涌吧！流个不停；
可是从未能止住内心的火焰！
刚才休停，又在我的胸头掣动，
生和死在里面恐怖地争战。
也许有些药草解除身体的痛苦；
只是精神却缺少决断和意志。

也无从理会，他怎好把她失却？
他几千遍反复她的图像：
时而停留，时而又被撕去，

时而暗淡，时而闪出纯洁的光芒；
这去而复来，潮升潮退，
何所得于这些许的安慰？

把我丢在这里吧，忠实的伴侣[①]！
让我单独在巉岩、沼泽的中间；
永远前进吧！你们的世界没有关闭，
地也广，天也伟大庄严；
你们观察，研究，事事搜罗，
自然的神秘被你们摸索。

一切属于我，我自己却已失落，
我曾经是群神的爱宠；

他们试练我，给我潘多拉[②]
所以财宝丰富，危险更丰；
他们逼我亲吻好施舍的口唇，
他们分离我，让我沉沦。

（1823）

冯至　译

① 指在归途陪伴歌德的随从斯塔德尔曼和秘书约翰。

② 希腊神话中宙斯为惩罚人类盗火而派往人间的、用黏土制成的美女。诸神赐予她各种美好品性，宙斯却赐给她一只小盒，内藏一切灾祸。

和　解

激情带来痛苦！——苦闷心灵
有谁能来抚慰？它损失的是如此惨重。
何处去追寻飞逝而去的时光？
就是为此挑选出至美也依旧枉然！

精神悒郁，意愿混乱；
壮美的世界，像是失去了感官！

这时音乐带着天使的羽翼浮现。
千百万声音编织一起，
渗进人的本性，
用永恒的美把它充满：
眼睛湿润，在崇高的渴望中间，
感受到声音如同泪水一样珍贵。

心儿明显而急快地感到轻松，
它还活着，在跳动，还想跳动。
为向这贵重的馈赠表示纯真的感谢，
甘愿以身心奉献。

这时它感到声音和爱情的双重幸福，

噢，但愿永远永远。

（1823）

高中甫　译

未 婚 夫

午夜时分，我已入眠，
可我胸中那颗深情的心醒着，如在白天；
天已大亮，我感到有如黑夜——
不管它带来什么，这与我何干？

她不在了！我的劳碌和奋斗
只是为她去把酷暑骄阳承受，
去忍耐炎热；清凉的傍晚，
爽心的生活！这酬劳好又值得。

太阳西沉，我们携手，
向这最后的幸福景色致敬，
眼睛在说，眼睛在凝望，
只是盼它从东方回转。

午夜时分，星光皎皎，

在美梦中把我向她安息之处的门槛引导，
噢，我也会在那里长眠！
即使这样，生活依然美好。

（1824）

高中甫　译

席勒安魂曲

在阴森的藏骨间
我看到一个个头盖骨排列井然；
我想起变得淡漠的往昔流年。

曾相互仇恨的，如今紧排在一起，
曾做过殊死斗争的铮铮硬骨
交叉地放着，温顺地在此休息。

松散开的肩骨！你们可曾将什么负载，
再也无人过问，华丽灵活的四肢，
手和足，都被从生命的关节上卸了下来。

你们这些疲惫者倒下，但也枉然，
人们并不让你们在墓穴中安身，
又重新把你们驱回到化日光天。

没有人会爱干枯的躯壳，
尽管它也曾包容过高贵的内核。
它的文字说明，

其神圣含义并不是每个人都懂，
在这些僵骨之中，只有我这个内行人
才看出一副无比高贵的身形。

在阴湿狭窄的室中，
我感到自由、温暖、清爽，
如同生命之泉在朝着死亡喷涌。

这形状那样奇妙地令我神往！
神思的痕迹还依然存在！
一瞥目光就会把我置于那浩瀚海洋。

大海波涛汹涌，呈现出形态种种，
这神秘的容器！宣示着神谕，
我多么想把你捧在手中？

把你这至宝从霉烂之地虔诚地拿走，
到自由的空气，自由的思想，

恭敬地去重睹光明。

除了神——自然给予的启示，
人在一生中所获得还有比这更多？
她把坚固的消磨为精神，
她把精神的产物保存得多么坚固。

（1826）

高中甫　译

虹

灰暗，阴沉，越来越阴沉，
一场暴风雨逼近；
闪电雷鸣已经离去，
一道彩虹令你们感到清新。

世界永远乐此不疲，
看到快乐的象征，
数千年以来；
彩虹标志和平。

一幅越来越新的图景，
闪闪发亮，出自雨中，
在温柔的爱的泪水中间，
天使映照出忠诚。

狂野的风暴，战争的波涛汹涌，

咆哮在树林和房顶上空，
永远却不时地出现，
绚丽的彩虹。

战争的灾难，
消弭在牧场、树林和屋顶，
春风拂来的地方，
嫣然微笑，和平的彩虹。

（1826）

高中甫　译

中德四季晨昏杂咏

（一）

怎能辜负好春光，
吏尘仆仆人消瘦；
梦魂一夜到江南，
草色青青水色秀——
临流赋新诗，
踏青携美酒，
一杯复一杯，
一首复一首。

（二）

白烛垂垂似含羞，
皎若明星洁百合；
爱焰自彼心之中

缓缓开展光和热。

水仙开放这样早，
一行行开在园里，
素心的人们要知道，
它们等待谁，争立如许？

（三）

从牧场牵去群羊，
牧场上，一片绿草新生；
杂花将次第开放，
地上的乐园，装点将成。

希望展在面前
轻纱犹如云雾；
云开日现，事事如愿，
给我们带来幸福！

（四）

孔雀的鸣声虽恶，但是

令我想起翩翩的羽衣，
它的声音也就没有憎意。

印度的鹅，却不能同语，
我无法将它容忍，
这丑禽叫起来那样乖戾。

（五）

为这夕阳的金光
展开你欢愉的光彩，
让你尾上的花轮
踊跃地和日光争赛！
日光在原野里探求
何处开花，有青天笼罩，
它看见一对情人，
它觉得最为美好。

（六）

杜鹃乃及夜莺，
都愿意挽住阳春，

无奈炎夏逼无情，
漫天遍野，是蔓草荆蓁。
那棵树上的疏叶
也渐渐地变得浓密，
我曾经由新绿稀疏处
送眼波将爱人偷觅。
琉璃瓦，今遮住，
画栋雕栏也无觅处：
我目光向那边探寻
我的东方永久常驻。

（七）

那一番比阳春更艳，
那使我常常留恋，
况又是平原草浅；
曾记得在园里，
来就我，翩翩地，
心事，从头细诉——
我永久是她的所有，
　怎能够教我忘记。

（八）

暮色徐徐下沉，
身边的都已变远，
金星美好的柔光
高高地首先出现！
一切动移不定，
雾霭蒙蒙地升起；
一片平湖反映
夜色阴森的静寂。

在那可爱的东方
我感到月的光辉，
柳条袅袅如丝
戏弄着树旁湖水。
透过阴影的游戏
颤动卢娜[①]的媚影，
眼里轻轻地潜入
沁人肺腑的清冷。

① 卢娜，即月亮。——编者注

（九）

过了蔷薇时节，
才晓得蔷薇的价值。
有亭亭最后的一枝
补足了满园的花色。

（十）

你称作花中的女王，
你被承认最为美丽；
证明都无从否定，
纷争亦因之平息。
你不是空空的幻影，
你是信仰与观照的合一；

努力探索，永不疲倦，
追求世间的定律原理。

（十一）

“迷惘使我彷徨

在这无味的清谈，
去者不能残留，
面前的又已消散；
灰色编成的网罗
围绕我局促不安。”
你要心安！永存的
有恒久的定例，
蔷薇与百合自开自去。

（十二）

“旧梦俱已消沉，
去爱抚蔷薇代替少女，
同树木共语代替哲人；
我们却不能赞美。
于是有朋友来临，
都立在你的身侧，
你要自奉奉人，
平芜间有美酒笔墨。”

（十三）

你们可要扰此平和？
请让我伴着我的杯盏；
人尽可以同旁人去学，
只有单人能独享灵感。

（十四）

“那么，在我们未走之先，
你可有一些良言赠与？”——
平息你向远方、将来的希求，
努力于此地和此时之所宜。

（1826/1827）

冯至　译

一 个 譬 喻

最近我在草原采摘一束鲜花，
心怀感激地把它带了回家；
由于我的手的温热，
花朵把头垂向地下。
我把它放进装水的玻璃杯里，
发生一个怎样的奇迹！
花冠高高地挺起，
碧绿的花茎变得笔直，
一切都变得如此健康，
有如它还被植在原地。

我奇妙地听到，
我的歌用陌生的语言歌唱，
情况就同这一样。

（1828）

高中甫　译

给上升的满月

想和我就此分张？
一晌前还分明在望！
你竟被层云遮掩，
现在已不知去向。

须知我多么忧伤，
请露面像星星一样！
来证明我有人爱着，
恋人纵远在他乡。

升起吧，要更加清媚，
依故道大放明辉！
我虽然心悸、痛苦，
这夜晚多令人陶醉！

（1828）

樊修章　译

多 恩 堡

当庭园、涧谷、山冈
一大早撕开雾帐，
斑斓的花朵充满
最最殷切的期望，

当天上飘浮的云影
来搅浑白昼的晴明，
当东风把浮云赶走
展布开天色清澄，

你若是观赏这美景，
感谢大自然的真情，
太阳会生出红艳
给大地镀上黄金。

（1828）

樊修章 译

遗　言

有生之物不可能消散！
永恒就顺着万物变迁，
你活要活得幸福美满！
存在的永恒：因为规律
卫护着生机勃旺的资源，
从而使宇宙把自身装点。

这条真理人早已知悉，
与灵心慧性紧相联系，
要把住这条古昔的真理！
世人啊，感谢那位哲人[①]！
他揭示地球的众多兄弟
围绕太阳运行的轨迹。

你快反身再观察心底，

① 指哥白尼及其太阳中心说。

会找到良心在其中隐蔽，
仁人志士都不会怀疑。
你从心所欲而不逾矩，
因为这良心独立不移，
像太阳使人品生辉熠熠。

应当相信自己的感想，
只要你保持心明眼亮
就不致使你落进荒唐。
要乐于观察，目光敏锐，
穿过丰饶的人间草场
充满信心而机敏地徜徉。

享受荣华莫得意忘形，
时时处处都莫失理性，
这人生才是快意的人生。
从而过去的长存不朽，
未来的一切生机旺盛，
每一个瞬间都是永恒。

若是你终于遂了心思，
这种感觉会沦浃心志：

产生实效的才算真实！
等你考查了存在的万有，
就知道万有各行其是，
你该引极少数智者为师。

就像是哲人或者诗人，
自古来都是各依尺寸
悄然创作倾心的作品，
你也将得到无上的鸿恩：
因为对君子有所咨询
是最最值得追求的职分。

（1829）

樊修章　译

从父亲那里……

从父亲那里我得到的是体形，
和严肃地对待人生；
从母亲那里我得到的是愉快的天性，
和对幻想虚构的热衷。
曾祖父青睐绝代佳丽，
这爱好不时在我身上作怪；
曾祖母喜爱饰物和黄金，
这使我的四肢抖动。
这些要素无法分离，
从整体之中，
我这整个的人，
什么称得上是我的原型？

（约1832）[①]

高中甫　译

① 此年代依据伯克版《歌德诗歌》，而据岛屿出版社所出版的两卷本按年序排列的《歌德诗歌》，此诗写于1823年至1828年。

年 轻 人[①]

在精神和思想上升的时期，
年轻人，你要当心：
陪伴缪斯女神，
可却不懂得指引。

（1832）

高中甫 译

① 歌德这首四行诗，写于1832年1月19日，离他逝世两个月零三天。

遗　　愿[1]

放在我的爱人的眼前，
置于写下它们的手指旁边——
从前怀着最炽热的渴望，
那样期盼与收到时那样——
摆放在迸放出它们的胸膛之上，
永远充满爱意地准备妥当，
这些信函应当流传；
去印证那段最最美好的时光。

（1832）

高中甫　译

① 歌德1931年把玛丽雅娜寄给他的信加以整理，以便给她寄回。1832年2月他在致她的信中写道：“……我只是提出唯一的请求，您自己保留，直到指定的时刻之前都不要发表。……它们是最美好的记录……”当她收到寄来的包裹时，里面歌德就附上了这首诗。标题为岛屿出版社按年代顺序编辑出版的两卷本《歌德诗歌》的编者所加。

《威廉·麦斯特的学习年代》十首

我听见什么在外边……[1]

我听见什么在外边，
在门前的桥上鸣响？
让歌声到我们耳边
在广厅内发生回响！
国王发言，侍童驰奔；
童子回报，国王喊道：
“带他进来，那个老人。”
“祝贺你们，高贵的王公！

祝贺你们，美丽的淑女！
星星相映，灿烂的天空！
谁知道他们的姓氏？

① 这首歌为小说中竖琴老人所唱，选自《维廉·麦斯特的学习时代》。

广厅里灿烂光芒，
眼睛，闭上吧：这不是
瞠目叹赏的时光。”

歌人紧闭了双眼，
弹出饱满的声音；
骑士勇敢地观看，
美人却俯视沉吟。
国王闻歌，满心欢悦，
令人取来一串金链，
作为他弹唱的酬劳。

“不要赠我黄金链，
请赠给那些骑士，
在他们的勇敢面前
敌人的枪剑披靡。
还赠给你当朝的大臣，
他负担的任务繁重，
也该叫他佩戴黄金。

“我歌唱，像是树枝头
营巢的鸟儿鸣唱。

我的歌曲涌自歌喉，
这就是丰富的奖赏；
若准我请求，我只求一件：
让人拿来一口美酒
盛在纯净的杯盏。”

他举起酒杯，一饮而尽：
“啊！这甜美的酒浆！
啊！吉星高照的名门，
这是个小小的赠赏！
若是你们平安无恙，
就想着我，热诚地感谢神，
正如我感谢你们的酒浆。”

冯至　译

谁不曾和泪吃他的面包……[①]

谁不曾和泪吃他的面包，
谁不曾坐在他的床上哭泣，

① 此诗为小说《维廉·麦斯特的学习时代》中竖琴老人所唱。

度过些苦恼重重的深宵，
就不会认识你们苍天的威力。

你们引导我们走入人间，
你们让可怜的人罪孽深造，
随即把他交给痛苦熬煎；
因为一切罪孽都在现世轮报。

冯至　译

谁若是投身寂寞……[1]

谁若是投身寂寞，
啊，他就立即孤单；
人人爱，人人生活，
把他交给他的苦难。

把我交给我的苦恼！
只要我能有一朝
真正地寂寞无边，

① 此诗为小说《维廉·麦斯特的学习时代》中迷娘所唱。

我就不是孤单。

一个情人蹑足窥侦，
他的爱人是否孤单？
侵袭我这寂寞的人
日日夜夜的是苦难，
日日夜夜的是苦恼。
啊，若是我有一朝
寂寞地躺在坟里边，
它才让我孤单！

冯至　译

迷娘之歌[1]

你认识吧，那柠檬盛开的地方，
金橙在阴沉的叶里辉煌，
一缕熏风吹自蔚蓝的天空，
番石榴寂静，桂树亭亭——

① 此诗为小说《维廉·麦斯特的学习时代》中迷娘所唱。

你可认识那地方？
　　　　　到那里，到那里！
啊，我的爱人，我要和你同去！

你认识吗，那白石为柱的楼阁，
广厦辉耀，洞房里灯光闪烁，
大理石向着我凝视：
可怜的孩子，人们怎样欺侮了你？——
你可认识那楼阁？
　　　　　到那里，到那里！
啊，我的恩人，我要和你同去！

你认识吗，那座山和它的云栈？
骡儿在雾中寻它的路线，
洞穴中伏藏着蛟龙的苗裔，
岩石欲坠，潮水打着岩石——
你可认识那座山？
　　　　　到那里！到那里
是我们的途程，啊父亲，让我们同去！

冯至　译

我可怜的魔鬼……①

我可怜的魔鬼，男爵先生，
我嫉妒你，为了你的官爵，
为了你的地位这样接近朝廷，
为了许多美好的田产地业，
为了你父亲坚固的邸宅，
为了他的猎场和枪械。

我可怜的魔鬼，男爵先生，
你嫉妒我，正好像
因为从我的童年，自然已经
慈母一般地将我培养。
我有聪明的头脑，轻松的心胸，
我诚然穷，却不是一个穷混虫。

现在我想，亲爱的男爵先生，
我们两方面都要安分守己：

① 此诗为小说《维廉·麦斯特的学习时代》里一些“戏子”所唱。

你永久是你父亲的娇儿，
我永久是我母亲的爱子。
我们生活着，无恨无怨，
不贪图别人的头衔，
我没有地位在贵族的史传，
你没有地位在维纳斯仙山。

冯至　译

谁解相思渴……[①]

谁解相思渴，
谁知我心伤！
远离众欢乐，
孤单何苍凉。
举首天寥廓，
极目向彼方。
爱我识我者，
噫嘻在远乡。
我神多眩惑，

① 此诗为小说《维廉·麦斯特的学习时代》中迷娘和竖琴老人之合唱。

焦灼我心肠。
谁解相思渴，
谁知我心伤！

冯至 译

不要用忧郁的音调……[①]

不要用忧郁的音调
歌唱夜的寂寞：
啊美女们窈窕，
夜里正好会合。

正如女人对于男人
是那最美的一半，
夜占去一半光阴，
也是最美的一半。

你们可能喜欢白昼，
它只是把欢乐打断，

① 此诗为小说《维廉·麦斯特的学习时代》中菲利娜所唱。

它没有旁的用处，
只善于让人们分散。

但如果在夜的时辰
流逝朦胧的灯影，
嘴唇挨近嘴唇
倾吐调笑和爱情；

如果癫狂的少年
一向急躁而热衷，
常得到一点爱怜，
停留于轻佻的戏弄；

如果夜莺给情人们
唱出深情的歌曲，
可是对于不自由的愁人，
只像是哀怨如缕：

谁的心不轻微跳动
倾听午夜的钟声，
它缓缓地敲击十二次，
预告休息和安宁！

所以在这漫长的白昼，
要记住，亲爱的胸怀：
每个白昼有它的痛苦，
可是夜有它的愉快。

冯至　译

我要潜步走到家家门旁……[1]

我要潜步走到家家门旁，
我站立着，规矩而静寂，
慈悲的手将要递给食粮，
并且我将要往下走去。
每个人都将要显得幸福，
若是我在他的面前站立；
他将要落下来一滴泪珠，
我不知道他为什么哭泣。

冯至　译

① 此诗为小说《维廉·麦斯特的学习时代》中竖琴老人所唱。

不让我说话，只让我缄默……[1]

不让我说话，只让我缄默，
因为守秘密是我的义务；
我要把我整个的内心向你陈列，
只是那命运不愿意这样做。

太阳在始终不停地运行，
时间一到，黑夜也必须放出光明；
坚硬的岩石张开它的胸怀，
不嫉妒地球把它深藏的源泉喷涌出来。

每一个人都在他朋友的怀中寻求安谧，
在那里心事能够流泣成为诉怨；
只是誓言使我双唇紧闭，
只有上帝才能使它倾心而谈。

冯至　译

① 此诗为小说《维廉·麦斯特的学习时代》中迷娘所朗诵。

让我这样打扮，直到死亡……①

让我这样打扮，直到死亡，
不要脱去我的白衣裳！
我来自美好的大地
奔向那永世的家乡。

那里我享受片刻的静寂，
明朗的眼便立即睁开；
我留下净洁的外衣，
连同花环和腰带。

那些天上的群神，
他们不问是男是女，
也不用衣服与褶裙，
裹着净化了的身体。

我一生虽然无忧无虑，

① 此诗为小说《维廉·麦斯特的学习时代》中迷娘所唱。

可是尝够了痛苦深沉；
痛苦使我老得太早——
再让我永得青春！

冯至 译

《浮士德》五首

葛瑞琛之歌[1]

我的心儿不宁，
我的心儿沉重；
我不能平静，
我再也不能。

凡他不在之地，
便是我的坟墓，
这整个世界
令我感到痛苦。

我可怜的头脑，
已变得痴癫；

① 此诗为瑞琛坐在纺车旁唱的一首思念浮士德之歌，选自《浮士德》。

我可怜的感官，
正碎成片片。

我的心儿不宁，
我的心儿沉重；
我不能平静，
我再也不能。

我向窗外张望，
要把他找寻了；
我迈出家门，
要把他紧跟。

他高贵的步武，
他堂堂的仪表，
他眼睛的魔力，
他嘴上的微笑。

他的言谈
如魔法般的长河，
他的握手
啊，还有他的长吻。

我的心儿不宁，
我的心儿沉重；
我不能平静，
我再也不能。

我的心胸催逼，
朝他急切狂奔。
啊，个到他的身边，
我就把他抱紧。

我要随心所愿，
紧紧地亲吻，
在他的热吻之中，
我愿一命归阴。

高中甫　译

浮士德独白[1]

生命的脉搏活泼地跳动，

① 此系浮士德在第二部开始时的一段独白，他从对葛瑞琛爱情的罪疚中摆脱出来，步入一个大世界，去追求人生的更高境界。

向朝霞温柔地示意欢迎。
你，大地，昨夜也坚持了过来，
今晨在我脚下重新苏醒。
你又开始用欢乐把我围起，
激发我做出一个有力的决定，
向最高的存在不断地奋争。
世界已在晨光中舒展显现，
森林中迸发出千百种生命之声。
雾带在山谷中飘出飘入，
直注入底处这天际的澄明。
树木沉睡在谷底把头垂下，
如今枝桠又都萌发出新芽。
那儿是姹紫嫣红一片。
花儿和叶儿上颤动的露珠闪闪发光：
我的周围变成了一个天堂。

向上看呀，山峰巨人
宣告了这庄严的时辰；
它们先把这永恒之光享受，
稍后才把它转向我们。
太阳出来了！可惜耀目难当，
两眼刺痛，我转身避让。

渴求向最高的愿望进发，
发现成功的大门已经敞开；
但烈火从永恒的深处喷涌出来，
使我们不禁目瞪口呆；
我们要燃起生命的火炬，
却被火海包围，多可怕的火啊！

是爱？是恨？灼热地把我们纠缠，
把痛苦和欢乐急剧地更换。
我们只好又望向尘世，
隐藏在最清新的面纱里面。
于是太阳留在我们身后！
瀑布咆哮着穿过崖隙，
我观赏着，怀着狂喜。
它现在跌落化成千条水柱，
随后形成为千条湍流。
浪花向空中飞溅，
拱起的彩虹不断迭换。
这是怎样的奇观！
时而清晰，时而消散，
向四周散播出阵阵的清香凉雨，
这正映出了人的奋进。

你如沉思，就能看得更清，
在绚丽的映照中去感悟人生。

水的颂歌[①]

一切都从水里产生！
一切都被水保持！
海洋，给我们你永恒的统治。
如果你不遣送云霓，
不施舍丰富的清溪，
不让河水流来流去，
不完成滔滔的江水，
哪里会有山岳、平原、世界？
是你保持那最清新的生机。

冯至　译

守塔人林扣斯之歌

生来为了观看，

① 此诗为《浮士德》第二部哲人泰勒斯所唱，系对水的颂歌。

受命来此瞭望，
誓为塔楼献身，
世界令我欢畅。
我看近处，
我观远方，
森林麋鹿，
星星月亮。
我纵览万物，
它永饰华装，
这也令我神怡心旷。
幸福的双眼，
你们所欲见到
均已见到，
这一切如此美好！

高中甫　译

神秘的合唱[①]

一切逝去的

① 这是《浮士德》的终场诗。古斯塔夫·马勒仿效贝多芬在他的第九交响曲中使用了席勒的《欢乐颂》，马勒在他的第八交响曲中使用了这首终场诗。

是一种譬喻；
已经欠缺的，
如今已发生；
不可描述的，
至此始完成；
永恒之女性，
引我们上升。

高中甫　译